सुनो किशोरी

सुनो किशोरी

(पत्र-शैली में किशोरियों के लिए उपयोगी पुस्तक)

आशारानी व्होरा

प्रतिभा प्रतिष्ठान, नई दिल्ली

प्रकाशक : प्रतिभा प्रतिष्ठान,
694–बी, (निकट अजय मार्केट) चावड़ी बाजार, दिल्ली–110006
 / संस्करण : 2025 / मूल्य : तीन सौ रुपए
मुद्रक : जयलक्ष्मी प्रिंटर्स, दिल्ली ISBN 978-93-86001-71-9

SUNO KISHORI *by* Asharani Vhora ₹ 300.00
Published by **PRATIBHA PRATISHTHAN**
694-B, (Near Ajay Market) Chawri Bazar, Delhi-110006

सभी आधुनिक किशोरियों को
उनके सुखद भविष्य
के लिए अर्पित

किशोरावस्था : जिंदगी की पहली पाठशाला

जिंदगी न काँटों का ताज है, न फूलों की सेज। वह एक समझौता है, उम्र भर की पाठशाला है। वह एक युद्धभूमि भी है, जहाँ जंग जीतने के लिए रोज-रोज कवायद करते सैनिक की तरह तैयार रहना होता है और वक्त पर हथियार भी सँभालने होते हैं। यही नहीं, शत्रु के किसी संभावित आक्रमण का सामना करने के लिए चौकन्ना व मुस्तैद भी रहना होता है।

जिंदगी की यह व्याख्या किशोरियों के मामले में विशेषकर लागू होती है।

किशोर उम्र लड़के-लड़कियाँ न बड़ों में, न छोटों में। छोटे बच्चों के साथ खेलें तो डाँट पड़े। बड़ों के बीच बैठकर उनकी बातें सुनें तो भी उन्हें वहाँ से डाँटकर उठा दिया जाता है। बेचारे किशोर समझ नहीं पाते कि ऐसा क्यों? नहीं समझ पाते, इसलिए प्रायः अपने भीतर उलझकर रह जाते हैं और अपने में ही खोए-खोए से नजर आते हैं—कभी गुमसुम, तो कभी गुस्से से फट पड़नेवाले तेवर।

लड़कों की अपेक्षा लड़कियाँ अधिक भावुक, अधिक कल्पनाशील और अधिक सृजनशील होती हैं। इस नाजुक उम्र में उन्हें कच्ची भावुकता से उबारने के लिए, उनकी कल्पना को साकार करने के लिए, उनके अनगढ़ सृजन को अभिव्यक्ति की राह देने के लिए उनपर बहुत कम ध्यान दिया जाता है। दूसरी ओर ऊर्जा, उत्साह, उतावली से भरे उनके भाव-विह्वल मन में सपनों और अरमानों का जैसे सागर उमड़ता रहता है।

लेकिन घर-बाहर से उन्हें ऐसा वातावरण नहीं मिल पाता, जो उनकी कल्पना को राह दे, उनके सपनों को सृजनशीलता की धरती पर उतारने में उनकी मदद करे, उनके भीतर की सोई शक्ति को जगा सके, उनके बढ़ते कदमों को बाधित न करते हुए भी, उन कदमों को भटकने से बचाए, उन्हें दिशा दे। उन्हें प्रोत्साहित कर उनके भीतर आत्मविश्वास जगाए, भावी जिंदगी का सामना करने के लिए उन्हें तैयार करे।

आज की भागती, आपाधापीवाली जिंदगी में आगे बढ़ने के लिए प्रतियोगिता बेहद बढ़ गई है। पढ़ाई व कैरियर के साथ लड़कियों के पास घर के काम-काज के लिए समय का अभाव है। दूसरी ओर, संयुक्त परिवार नहीं है और घरेलू श्रम भी महँगा हो गया है। तब अपनी किशोरी बेटी को 'अपना हाथ जगन्नाथ' का गुर भी सिखाना होगा, उसे जिंदगी का पहाड़ा भी याद कराना होगा। सपनों की दुनिया से बाहर के कटु यथार्थ से भी उसे परिचित कराना होगा कि इस वय:संधिकाल में वह भावना के प्रवाह में बहकर अपनी अस्मिता के तटबंधों के प्रति बेखबर न रह जाए, बेपरवाह न हो जाए। निरर्थक रोक-टोक से दबी-सहमी या कुंठित होकर न रह जाए अथवा आक्रोशी बन विद्रोही तेवर न अपनाने लगे। स्वयं को उपेक्षित अनुभव कर कुछ सनसनीपूर्ण की तलाश में उसके कदम गलत राहों पर न भटक जाएँ। उसके भीतर कुछ बनने, कुछ कर दिखाने की तमन्ना जागे।

पाँच वर्ष तक के बच्चों को लाड़-प्यार की अधिक जरूरत होती है, यद्यपि यहाँ भी 'अति' से बचना होगा। आगे चौदह वर्ष की उम्र तक के बालक-बालिकाओं को जीवनोपयोगी जानकारियाँ देने व अनुशासन सिखाने के लिए प्यार व डाँट के बीच संतुलन साधना होता है। ग्यारह से पंद्रह वर्ष की नासमझ व अल्हड़ किशोरियों पर उनकी सुरक्षा व जीवनोपयोगी शिक्षा की दृष्टि से विशेष ध्यान देने और उनपर प्रत्यक्ष-अप्रत्यक्ष रूप से निगाह रखने की भी जरूरत होती है, पर पंद्रह-सोलह की उम्र हो जाने पर लड़की से मित्रवत् व्यवहार ही करना चाहिए।

एक समझदार माँ उसके सामने सहेली की तरह प्रस्तुत होकर इस नाजुक उम्र में उसे अभयदान दे सकती है। उसे जिंदगी के प्रत्येक क्षेत्र का ज्ञान करा उसके भावी सुखद जीवन के लिए उसके व्यक्तित्व का स्वस्थ-संतुलित विकास कर सकती है।

इसके लिए लड़की के मन से 'स्त्रीत्व' का हीन भाव दूर करना होगा और उसके भीतर का सोया आत्मविश्वास भी जगाना होगा, जिससे आगे चलकर वह एक अच्छी पत्नी, सुघड़ गृहिणी और समझदार माँ बन सके। कामकाजी हो तो जिम्मेदार कर्मी और अच्छी सहकर्मी भी सिद्ध हो। लड़की से स्त्री बनने की प्रक्रिया के दौरान वह घबराए नहीं, इसके लिए उसे नारी-शरीर संबंधी जरूरी जानकारियाँ भी देनी होंगी, जिससे जिंदगी के हर मोड़ पर वह संवेदनशील क्षणों का दृढ़ता से सामना कर सके।

किशोर वय के इस विशेष प्रशिक्षण के लिए लड़की के साथ उसके स्तर पर उतरकर संवाद स्थापित करना होगा। उसके हृदय में झाँककर, मित्रवत् विश्वास में लेकर ही उसे उचित-अनुचित, करणीय-अकरणीय का बोध कराया जा सकता है।

यदि हम ऐसा कर सकें तो हिम्मत व समझदारी की थाती लेकर वह अपनी जिंदगी की राह स्वयं चुन सकेगी और राह में आनेवाले कंटकों से अपना दामन भी बचाकर चल सकेगी।

भाग्य और पुरुषार्थ परस्पर पूरक हैं। अत: 'लड़की का भाग्य' कहकर उसे भाग्य के भरोसे या उसके हाल पर नहीं छोड़ देना है। एक भरी-पूरी जिंदगी जीने के लिए उसे तैयार करना माता-पिता, विशेष रूप से माँ, का नैतिक दायित्व है।

माताएँ अपनी इस जिम्मेदारी को बखूबी निभा सकें और किशोरियाँ अपने भावी जीवन की समुचित तैयारी के लिए इस पुस्तक से भरपूर लाभ उठा सकें, तो इसे लिखने का मेरा उद्‌देश्य व श्रम सार्थक होगा।

—आशारानी व्होरा

बी-२७ए, सेक्टर-१९,
नोएडा-२०१३०१

मेरी किशोरी पाठिकाओ,

तुम्हारे लिए यह पुस्तक लिखते समय मैं निरंतर तुम्हारे साथ रही हूँ। इस प्रक्रिया में मैंने तुम्हारे मन में उठती एक-एक लहर को गिना है, तुम्हारे एक-एक प्रश्न को तौलकर जाँचा-परखा है। मैं जानती हूँ, तुम इस समय किन प्रश्नों से घिरी हो, किन उलझनों में उलझी हो। उम्र के इस पड़ाव पर तुम्हारे भीतर बहुत से परिवर्तन हो रहे हैं—शारीरिक, मानसिक, भावनात्मक। मानसिक-सामाजिक भय इसी उलझन की उपज हैं, जबकि तुम्हारी उम्र में यह उलझन स्वाभाविक है।

ऐसे समय, जबकि तुम बचपन को लाँघकर अल्हड़ किशोरी और किशोरी से सलोनी तरुणी बन रही हो, तुम्हारे भीतर ये परिवर्तन पहले की अपेक्षा अधिक तीव्र गति से हो रहे हैं। तेजी से हो रहे इन शारीरिक परिवर्तनों से तुम इस समय भयभीत हो। मासिकधर्म जैसी सहज प्राकृतिक बात से भी तुम्हें आघात पहुँचा है। अपने वक्ष की उठान को लेकर तुम शर्मिंदा हो, इसलिए उसे किसी तरह ढाँपकर छिपा लेना चाहती हो।

ये परिवर्तन तुम्हारे मन की दुनिया बदल रहे हैं—कभी तुम एकाएक प्रसन्नता से खिल उठती हो, कभी एकाएक आक्रोश से भरकर नाराज होने लगती हो। अपने भीतर की ऊर्जा से उत्तेजित होकर कभी तुम सबकुछ बदल डालना चाहती हो, फिर स्वयं को इसमें असमर्थ पाकर घर के हर सदस्य के हर काम में मीन-मेख निकालने लगती हो। कभी जोश से भरकर खूब काम करती हो, कभी सबकुछ छोड़कर सुस्त पड़ी रहना चाहती हो। अपने इन्हीं व्यवहारों का अर्थ जब तुम्हारी समझ में नहीं आता तो तुम्हारी खीझ और बढ़ जाती है— 'इस घर में कोई भी मुझे नहीं समझता।' या फिर भयभीत हो, तुम गुमसुम रहने लगती हो।

क्यों, मैं ठीक कह रही हूँ न? तुम मानोगी कि एकदम ऐसे नहीं तो इससे मिलती-जुलती स्थिति इस समय तुम्हारे मन की अवश्य है। तुम हैरान हो कि मैं तुम्हारे मन को कैसे पढ़ रही हूँ? तो सुनो, तुम्हारे लिए यह पुस्तक प्रस्तुत करने से

पहले मैं विभिन्न पत्रिकाओं के माध्यम से तुम्हारी उम्र की लड़कियों के हजारों पत्रों से गुजरी हूँ। पाठकीय समस्याओं की स्तंभ-लेखिका के नाते तुम्हारी उम्र की समस्याओं से गहराई से परिचित हूँ। इसलिए इस पुस्तक के आगामी अध्यायों में तुम्हारे मन में उठनेवाले सभी प्रश्नों के उत्तर ईमानदारी से देने का प्रयास करूँगी।

उम्र पर तुम्हारा वश नहीं। तुम्हारे मन पर तुम्हारा पूरा अधिकार नहीं। अपनी समस्याओं और उनके समाधान के बारे में जानकारी न होना तुम्हारा दोष नहीं। हमारे समाज में किशोरियों को यह आवश्यक जानकारी न घरों से मिलती है, न स्कूलों से। शर्म और मर्यादा के कारण तुम अपनी समस्याओं पर अपनी माँ तक से खुलकर बात नहीं कर पाती हो। अपनी सहेलियों से तुम्हें जो अधूरी व अधकचरी जानकारी मिलती है, उससे तुम्हारी उलझन सुलझने के बजाय और बढ़ती ही है। प्रश्नों और जिज्ञासाओं से भरी इस उम्र में तुम्हारी तलाश एक ऐसे सच्चे मित्र की हो सकती है, जो तुम्हारे मन को समाधान की दिशा दे।

तुम्हारे लिए यह पुस्तक उसी सच्चे मित्र के अभाव की पूर्ति करेगी। एक किशोरी जब अपनी माँ से आमने-सामने प्रश्न कर समाधान पाने की हिम्मत नहीं जुटा सकती, अधिकतर माएँ भी जब अपनी इस जिम्मेदारी को गंभीरता से वहन नहीं करतीं, तब एक समझदार माँ द्वारा घर से बाहर हॉस्टल में रहनेवाली अपनी किशोरी बेटी को लिखे इन दोस्ताना पत्रों से तुम्हें उन सब प्रश्नों के उत्तर मिलेंगे, जो तुम्हें परेशान किए रहते हैं। तुम्हारे भावी जीवन की बुनियाद में यह पुस्तक कुछ उजली-मजबूत ईंटें लगा सकी तो मैं अपना प्रयास सार्थक मानूँगी।

—आशारानी व्होरा

अनुक्रम

ऐसा अवकाश आगे फिर कभी नहीं मिलेगा

सुनो सुगंधा,

तुमने लिखा है, कुछ दिन के लिए राहत महसूस की। छुट्टियों का आनंद लिया। पवन और प्राची के साथ खुशियाँ बाँट लीं; पर अब तुम बोर होने लगी हो, इसलिए जल्दी घर लौटना चाहती हो।

लेकिन क्यों? तुम इतनी जल्दी 'बोर' क्यों होने लगीं?

बेटी, तुम्हें इसीलिए तो मौसी के पास भेजा था कि इस परीक्षा के बाद तुम बेहद थक गई थीं और लगातार मेहनत के बाद तुम्हें कुछ दिन आराम और परिवर्तन चाहिए था। माध्यमिक परीक्षा और कॉलेज-प्रवेश के बीच एक लंबा अवकाश होता है। ऐसा अवकाश आगे जिंदगी में फिर कभी नहीं मिलता। मैं चाहती थी, इन लंबी छुट्टियों का तुम सदुपयोग कर सको। आराम और मनोरंजन के साथ कुछ नया करने, कुछ नया सीखने के लिए भी। ऐसा अवसर फिर तुम्हें कभी नहीं मिलेगा। इसके बाद तो कॉलेज की पढ़ाई, फिर कोई व्यावसायिक प्रशिक्षण, फिर नौकरी, फिर शादी, घर-गृहस्थी, बच्चों की जिम्मेदारियाँ। और गृहिणी, माँ, पत्नी के साथ एक कामकाजी नारी के रूप में तो जिम्मेदारियाँ-ही-जिम्मेदारियाँ।

हाँ बेटी, अब तुम बच्ची नहीं रहीं, यह अच्छी तरह समझती हो कि आज के वक्त में एक पढ़ी-लिखी महत्त्वाकांक्षी नारी के लिए ये दोहरी-तिहरी जिम्मेदारियाँ क्यों जरूरी हो गई हैं? इसीलिए मैंने कहा है कि चाहकर भी तुम आगे जीवन में ऐसा लंबा अवकाश नहीं पा सकोगी। अत: इसका भरपूर उपयोग करना है तुम्हें।

यही तो उम्र है, खा-खेलकर सेहत बनाने की। कुछ नया-नया सीखकर व्यक्तित्व निखारने की। सामान्य ज्ञान-विज्ञान की अच्छी-अच्छी पुस्तकें पढ़कर अपना आत्मविश्वास बढ़ाने की। व्यवहार के, रहन-सहन के तौर-तरीके सीखकर अपने आस-पास के लोगों में अपना प्रभाव बढ़ाने की। और इस तरह जीवन की

सार्थकता की तलाश ही नहीं, उसकी उपलब्धि की भी संतुष्टि पाने की।

हाँ, **यही… बिलकुल यही वह समय है, जब किसी भी किशोरी के भावी जीवन का प्रतिमान तय होता है।** इसीलिए तो हाई स्कूल से निकली और कॉलेजों, ट्रेनिंग सेंटरों और रोजगार-साधनों के लिए प्रतीक्षारत किशोरियों के लिए इन लंबी छुट्टियों का खास महत्त्व है।

ये छुट्टियाँ तुम्हारे जीवन का एक महत्त्वपूर्ण मोड़ सिद्ध होंगी, यदि तुम इनका सही और सार्थक उपयोग कर सको। इसीलिए आजकल अनेक नगरों में इन छुट्टियों के दौरान अल्पोवधि के विविध प्रशिक्षण कोर्स कराए जाते हैं। कई तरह की कार्यशालाएँ आयोजित की जाती हैं। पूर्व स्थापित प्रशिक्षण केंद्रों में भी ये लघु पाठ्यक्रम या कार्यशालाएँ आयोजित होती हैं कि जो लड़कियाँ पूरे कोर्स नहीं कर सकतीं, वे लंबी छुट्टियों में इनका लाभ ले सकें। इस तरह लड़कियाँ हर बार ग्रीष्मकालीन लंबे अवकाश में एक-एक शॉर्ट कोर्स करके स्नातक बनने तक न जाने कितने तरह के उपयोगी प्रशिक्षण ले लेती हैं और फिर इन सबके लिए अलग से समय व श्रम न लगाकर पढ़ाई समाप्ति तक अनेक व्यक्तित्व-गुणों से परिपूर्ण हो चुकी होती हैं।

मैंने तुम्हें जहाँ भेजा है वहाँ महानगर में इन दिनों जगह-जगह ऐसे लघु पाठ्यक्रमों की सुविधा उपलब्ध है। ये अधिकतर हॉबी कक्षाएँ ही होती हैं—बॉडी लाइन ऐंड ब्यूटी, इंटीरियर डेकोरेशन, पेंटिंग, बूटीक, सिलाई-कढ़ाई, ड्रेस डिजाइनिंग, फैशन डिजाइनिंग, पेपरमेशी, डाल मेकिंग, इंडियन ऐंड कॉटीनेंटल कुकरी, बेकरी, कैटरिंग, बागबानी, फ्लावर अरेंजमेंट आदि। फिर रोजगारोन्मुख शॉर्ट कोर्स भी होते हैं—टाइपिंग, शॉर्टहैंड, बुक-कीपिंग, सर्वेयर, इनवेस्टीगेटर, कंप्यूटर ऑपरेटर, प्रिंटिंग आदि। कौन सा कोर्स नए सीखनेवालों के लिए है, कौन सा अगली ट्रेनिंग, जैसे—सिलाई-कढ़ाई के बाद ड्रेस डिजाइन या फैब्रिक पेंटिंग के बाद कैनवास पेंटिंग या ऑयल पेंटिंग आदि के लिए, इसका चुनाव अपनी जरूरत के अनुसार करना होता है। इस तरह एक ग्रीष्मकालीन अवकाश में बुनियादी प्रशिक्षण ले लिया जाता है, अगली बार उसी कला में अगले स्तर का प्रशिक्षण और ये सारे लाभ पढ़ाई के साथ ही मिलते रहते हैं।

फिर शहरों में अच्छे पुस्तकालय हैं, जहाँ से पढ़ने के लिए अपनी पसंद व उपयोगिता की सभी पुस्तकें बारी-बारी से लाकर उनका लाभ उठाया जा सकता है। यदि कोई लड़की सस्ते किस्म के कहानी-किस्से, रोमानी उपन्यास या फिल्मी साहित्य ही न लाकर पुस्तकालय का अच्छा उपयोग कर सके तो समय का

नहीं सुगंधा, यहीं तुम्हारी दोस्ती की परीक्षा थी कि रचना की नाराजगी के बावजूद ऐसे वक्त तुम उसे सहारा देने से पीछे न हटतीं। तब वह तुम्हें सच्ची हमदर्द समझकर, न केवल दु:ख से उबर जाती, आगे कभी तुम्हारी बात न टालती। अपनी अन्य सहेलियों के बीच लज्जित होकर ही वह तुमसे कटी-कटी रहने लगी है। अब भी अपनी गलती सुधारकर, उससे क्षमा माँग लो, तो वह फिर से तुम पर निछावर होने लगेगी।

अगर ऐसे वक्त तुमने उसे नहीं अपनाया तो वह हताशा में डूबकर अपनी पढ़ाई से मुँह मोड़ सकती है। अपने व्यक्तित्व की, अपने कैरियर की हानि कर सकती है। नहीं तो क्रोध में भरकर बदले की भावना पर उतर सकती है। तब कोई अपराध कर सकती है या पुरुषों से बदला लेने के लिए पहले से अधिक गलत राह पर कदम बढ़ा सकती है।

मेरे खयाल से अगर तुम्हें उससे जरा भी हमदर्दी है तो तुम कभी नहीं चाहोगी कि उसके कदम अपराध या आत्महत्या जैसी किसी आत्मघाती राह की ओर उठें। तो यही समय है उसकी बात सुनने और उसे सहारा देने का।

तुम उससे मिलो। पहले उसे गुस्से की पूरी भड़ास निकाल लेने दो। फिर जब वह शांत हो जाए तो उसे गले लगाओ, उसे सहारे का आश्वासन दो और आगे कोई गलत कदम न उठाने का वायदा उससे ले लो। अगर अपना अहं छोड़कर तुम यह कर सको तो यह तुम्हारी दोस्ती की अद्‌भुत मिसाल होगी। मैं तुम्हें विश्वास दिलाती हूँ कि आइंदा वह तुम्हारी होकर रहेगी और तुम्हारी हर बात मानेगी। तुम्हारा अहसान कभी नहीं भूलेगी और तुम्हारे साथ पहले से ज्यादा अंतरंग होकर रहेगी। यही नहीं, तुम्हें स्वयं इससे आत्मसंतोष का सुखद अहसास होगा कि तुमने कोई बड़ा काम किया है।

कई बार जिंदगी की ठोकर ही आगे सँभलने के लिए काफी होती है। फिर वक्त पर सहारा भी मिले तो आगे सँभलकर चलने, कुछ बनकर दिखाने की संभावना काफी बढ़ जाया करती है। तो रचना के इस पुनर्वास व पुनरुत्थान का श्रेय तुम ही क्यों न लो!

एक बात याद रखना बेटी कि रिश्तेदार हम चुन नहीं सकते, मित्र चुन सकते हैं। रिश्तेदार बनाए नहीं जाते, प्राय: बने-बनाए मिलते हैं। उन्हें बदला नहीं जा सकता, हर हालत में उन्हें निभाना होता है। मित्र चुनने, बनाने की हमें स्वतंत्रता होती है। इसी तरह उन्हें बदलने की भी। पर मित्र बनाते समय उनकी परख जरूरी होती है, उन्हें निभाते समय अपनी।

मैत्री-संबंध हर सहपाठी से रखा जा सकता है, पर अंतरंग मित्र बनाते समय उन्हें पहले कुछ समय जाँचना-परखना जरूरी होता है। इसके बाद उन्हें उनके सारे गुणों-दोषों के साथ स्वीकारना होता है और स्वीकार लेने के बाद हर दुःख-सुख के समय उन्हें निभाना होता है। रिश्तेदारों की तरह निभाना जरूरी नहीं होता, पर मैत्री का तकाजा यही है कि जिसे मित्र मानो, न उसका अहित करो, न किसी को करने दो। मित्र के लिए समय कुछ भी करने-झेलने के लिए तैयार रहना चाहिए—यही मित्रता की मर्यादा है, यही सीमा, यही पहचान।

तुम्हारे भीतर मैत्री की सही पहचान विकसित करने के लिए ही तुम्हारी सहेली रचना के प्रसंग में आज मैं इतना लिख गई।...लड़कों से दोस्ती के संबंध में, उस दौरान मर्यादाओं और सावधानियों के बारे में आगे फिर कभी विस्तार से लिखूँगी—शायद दो-तीन पत्रों में यह विस्तार जाएगा। अभी तो तुम्हारी प्रतिक्रिया जानने के लिए उत्सुक रहूँगी। रचना की मन:स्थिति में बदलाव की सूचनाओं के साथ अपनी पढ़ाई की गति-प्रगति की सूचनाएँ भी अवश्य देना।

—तुम्हारी माँ

□

यही समय है शरीर-मन के संयुक्त विकास का

सुनो सुगंधा,

तुम्हारा पत्र मिला। मुझे यह जानकर खुशी हुई कि तुमने रचना से अपने संबंध सुधार लिये हैं और तुम दोनों के बीच फिर वही अंतरंगता लौट आई है।

पर चिंता हुई कि तुम्हारा स्वास्थ्य कुछ ठीक नहीं चल रहा है। तुमने लिखा है—'बुखार, सिर-दर्द आदि कुछ नहीं। पर न जाने क्यों, तबीयत गिरी-गिरी सी लगती है। खाना हॉस्टल का घर जैसा तो नहीं हो सकता, पर सहेलियों के साथ मिलकर खूब डटकर खाती हूँ। फिर भी जैसे खाया-पिया लगता नहीं। पढ़ने-खेलने में स्फूर्ति नहीं। पहले जैसा उत्साह नहीं। कभी मुँहासे निकल रहे हैं, कभी बाल झड़ रहे हैं, कभी आँखों के नीचे कुछ काली झाँइयाँ-सी दिख रही हैं।'

तुमने पूछा है, 'यह सौंदर्य-समस्या है या स्वास्थ्य-समस्या?'

दोनों ही हैं—संयुक्त। जहाँ तक सौंदर्य की बात है, प्राकृतिक रंग-रूप बदला नहीं जा सकता। पर उसे सही साज-सँवार से, सौंदर्य-उपचार से, रहन-सहन के सलीके से निखारा जरूर जा सकता है। यानी सौंदर्य की कमियों को छिपाने और खूबियों को उभारने की कला आनी चाहिए।

पर स्वास्थ्य पर यही बात लागू नहीं होती। उसे छिपाने की नहीं, सही देखभाल से ठीक रखने की जरूरत होती है। यदि कुछ विकार आ जाए तो डॉक्टरी राय व चिकित्सा भी लेनी होगी।

सौंदर्य बहुत कुछ स्वास्थ्य पर भी निर्भर करता है। स्वास्थ्य में कहीं कुछ बुनियादी कमी या खराबी हो तो ऊपरी देखभाल या प्रसाधन से उसे कुछ हद तक ही छिपाया जा सकता है, ठीक नहीं किया जा सकता। **चेहरे की प्राकृतिक लाली, त्वचा की सफाई, बालों की मजबूती, नाखूनों की चमक, शरीर-मन की स्फूर्ति सौंदर्य से संबंधित ये सारी बातें अच्छे स्वास्थ्य की निशानी हैं। और अच्छा**

स्वास्थ्य संतुलित भोजन पर भी निर्भर करता है, संतुलित सोच पर भी और मन की निश्चिंतता या तनाव-मुक्ति पर भी। इसलिए इन दोनों बातों पर एक साथ ही ध्यान देना होगा।

इसके लिए डटकर खाना ही काफी नहीं है, खाने का अच्छा पाचन भी होना चाहिए और भोजन में सभी जरूरी तत्त्वों का सही मिलान भी। संतुलित भोजन से ही ये सारी जरूरतें पूरी होती हैं। अब घर पर तो मैं देख लेती थी, तुम्हें क्या देना है, क्या नहीं। वहाँ तुम्हें स्वयं ही देखना है। अपने स्वास्थ्य की स्वयं देखभाल करनी है, तो संतुलित भोजन के बारे में सामान्य जानकारी भी रखनी है।

इसके लिए यह जरूरी नहीं कि इस उम्र में भी तुम कैलोरी गिन-गिनकर खाओ। पर यह जरूर देखो कि हॉस्टल के खाने में तुम्हें सारे पोषक तत्त्व मिल रहे हैं कि नहीं ? या जो मिल रहे हैं, कहीं अपनी पसंद की चीजें चुनकर उन्हें तुम छोड़ तो नहीं रहीं ?...तुम जरूर ऐसा करती होगी। रोटी, चावल, पसंद की दाल-सब्जी और तली-भुनी, खट्टी-चटपटी चीजें लेकर हरी सब्जियाँ, सलाद, दही आदि छोड़ देती होगी। चाय ले लेती होगी, दूध नहीं। ये मुँहासे निकलना, आँखों के नीचे काली झाँइयाँ दिखना, बाल झड़ना इसी कारण से तो हैं।

देखो, कार्बोहाइड्रेटयुक्त अनाज की चीजों और वसायुक्त घी, मक्खन के साथ प्रोटीन भी चाहिए। प्रोटीन के लिए चने, दालें, अंडा और सामिष भोजन के बदले कभी-कभी थोड़ा पनीर चाहिए। आयरन, कैल्सियम आदि खनिज तत्त्वों-विटामिनों के लिए दूध, दही, फल, हरी सब्जियाँ भी जरूरी हैं।

अनाज, घी-मक्खन आदि चीजें शरीर में दैनिक कामकाज की शक्ति बनाए रखने के लिए जरूरी हैं। प्रोटीन शरीर की बढ़त और भीतर की दैनिक टूट-फूट की मरम्मत के लिए चाहिए। इसी तरह शरीर में खनिज-विटामिनयुक्त हरी सब्जियों आदि की जरूरत बीमारियों से बचाव तथा सौंदर्य के निखार के लिए होती है। हर रोज खुराक में ये सारी चीजें मिलकर ही संतुलित भोजन की जरूरत पूरी करती हैं। इसलिए एक वक्त के भोजन में नहीं, तो पूरे दिन के भोजन में ये सारे तत्त्व होने चाहिए।

अगर हॉस्टल के खाने में हरी सब्जियाँ कम मिलती हैं तो तुम सब छात्राएँ मिलकर इसकी माँग करो और साथ में मिलनेवाला सलाद जरूर खाओ। फल तुम स्वयं खरीदकर खा सकती हो। दूध-दही जितना मिलता हो, उसे जरूर सेवन करो। कुछ दिनों में ही तुम्हें अपने स्वास्थ्य में फर्क मालूम होगा और ये सौंदर्य-समस्याएँ भी रफूचक्कर हो जाएँगी।

पर इसके लिए एक तो तुम्हें बाजार से चाट-पकौड़ी, समोसे-कचौड़ी आदि

खाने का लालच छोड़ना होगा। कभी-कभी सहेलियों के साथ मिलकर खा लेना और बात है, आदत बना लेना और। अगर वहाँ जाकर यह आदत डाल ली है तो इसे बदलो।

भुने चने, मूँगफली, भुट्टा, खीरा-ककड़ी, सभी मौसमी फल आदि खरीदकर खाओ तो कम खर्च में भी सेहत बनेगी। इसके साथ सैर-व्यायाम, खेल-कूद जारी रखो, जिससे कि खाया-पिया पचे और शरीर को लगे। त्वचा की सफाई पर भी पूरा ध्यान दो। पत्तेदार भाजियाँ और फल-सलाद खाने से कब्ज नहीं होगी और त्वचा साफ चमकदार होकर निखरेगी। मुँहासे नहीं निकलेंगे, झाँइयाँ दूर होंगी और बाल झड़ना बंद हो जाएँगे।

किशोरावस्था में शारीरिक विकास की गति तीव्रतम होती है। ऐसे में लड़कियों को अतिरिक्त पोषण की आवश्यकता होती है। १३ से १९ साल की उम्र के दौरान, जब किशोरियों का शरीर माँ की भावी भूमिका के लिए तैयार हो रहा होता है, पोषण की कमी उनकी सेहत पर बुरा असर डाल सकती है। मेडिकल अनुसंधान परिषद् की सिफारिश के अनुसार, एक किशोरी को उतना ही भोजन चाहिए जितना कि एक वयस्क महिला को।

इस उम्र में शारीरिक-मानसिक परिवर्तन व विकास साथ-साथ घटित होते हैं। सही जानकारी के अभाव में किशोरियाँ अकसर इन प्राकृतिक परिवर्तनों को समझ नहीं पातीं तो परेशान हो जाती हैं। उनकी परेशानी का कारण अकसर उनके अपने शरीर में उभरते लक्षण ही होते हैं। ये हैं —

- कद का तेजी से बढ़ना।
- स्तनों में उभार आना।
- चरबी बढ़ने के कारण वजन बढ़ना।
- बगलों और जननांगों में बाल उगना।
- नर्वसनेस के कारण ज्यादा पसीना आना।

इन्हीं शारीरिक-मानसिक-भावनात्मक परिवर्तनों से किशोरियों के भीतर एक ओर विपरीत लिंग के प्रति आकर्षण बढ़ता है, दूसरी ओर उनके भीतर आजादी की इच्छा करवट लेने लगती है। पर अभी वे न तो बालिका हैं, न वयस्क ही हो पाई हैं। बच्चों, बड़ों दोनों से ही अलग-थलग जा पड़ने के कारण ही वे सहेलियों-दोस्तों के साथ हो लेती हैं, पर सुरक्षा की दृष्टि से की गई रोक-टोक उन्हें परेशान कर देती। उनकी कच्ची समझ पर विश्वास न किए जाने पर भी वे खीझने लगती हैं। आखिर वे क्या करें ? किससे अपने मन की व्यथा कहें ? इन परेशानियों का असर मानसिक

स्वास्थ्य पर पड़ता है तो समस्याएँ ज्यादा उभरती हैं। इसलिए शरीर के साथ मन को भी सँभालना होगा।

किशोरी की मानसिक पसोपेश का मुख्य कारण उसकी यह भीतरी उलझन ही होती है। ऐसे समय उसे घर से सही दोस्ताना दिशा-निर्देश न मिले तो वह हमदर्दी पाने के लिए दोस्त खोजती है। और यहीं सही दोस्त न मिलने से वह धोखा खा सकती है, शोषण की शिकार हो सकती है।

ऐसे समय उसे घर से सही देखभाल भी चाहिए, सही भोजन के साथ सही परवरिश भी। बढ़ती उम्र की माँग और इस भीतरी क्षति-पूर्ति के लिए ही उसे आठ-दस वर्ष के बच्चे से अधिक वयस्क महिला जितनी कैलोरी और पौष्टिकता चाहिए। एक औसत किशोरी की दैनिक आवश्यकता होगी, प्रतिदिन २२०० कैलोरी ऊर्जा, ५० ग्राम प्रोटीन और भोजन में भरपूर लौह, कैल्सियम तथा विटामिन—विशेष रूप से विटामिन 'ए' और 'सी'। इस जरूरत के लिए केवल जानकारी और इस ओर जागरूकता चाहिए, महँगा भोजन नहीं।

पर जागरूकता का अर्थ इधर हमारी भारतीय किशोरियों ने भी गलत ही लगा लिया है। पहले तो वे सहेलियों के साथ गपशप करते हुए, टी.वी. देखते हुए साथ-साथ कुछ-न-कुछ खाती रहेंगी या कैंटीनों, रेस्त्राँओं में जाकर 'फास्ट फूड' की माँग करेंगी और फिर मोटापा आता दिखे तो सौंदर्य के लिए, छरहरे 'फिगर' के लिए एकदम खाना कम कर देंगी।

पिछले कुछ समय से ब्यूटी कंपिटीशनों के प्रचार-प्रसार व उनमें भारतीय युवतियों की जीत ने किशोरियों के मन में ब्यूटी क्वीन के रोल मॉडल फिट कर दिए हैं और वे स्वयं इसी चक्कर में पड़कर सच्चे-झूठे सपने देखते हुए, वैसा बनने की कोशिश में लगी रहती हैं।

जरूरी नहीं कि वे स्थानीय कंपिटीशनों के लिए स्वयं को तैयार कर रही हों, अपनी मित्र मंडली पर अपना प्रभाव जमाने के लिए भी इस प्रक्रिया को अपना लेती हैं। अब उन्हें इतनी समझ तो होती नहीं कि छरहरा दिखने के लिए कम खाना जरूरी नहीं, सही-संतुलित खुराक लेना जरूरी है। नतीजा होता है, अ-पोषण व कुपोषण, जिसका अगला परिणाम होता है, स्वास्थ्य संबंधी गड़बड़ियाँ व कमियाँ और सौंदर्य संबंधी अनेक समस्याएँ।

सन् १९९६-२००० के दौरान कई देशी-विदेशी संस्थानों द्वारा किए गए सर्वेक्षणों से यह तथ्य सामने आया है कि मीडिया द्वारा छरहरी शारीरिक छवि को निरंतर प्रोत्साहन देने के कारण किशोरियों में यह अतिरिक्त जागरूकता आई है, जो

इस कदर कहर ढा रही है। इसलिए पहले कुछ भ्रमों का निवारण जरूरी है, फिर घर-बाहर से किशोरियों को इस संबंध में उचित निर्देशन देना कि कुपोषण से भावी माताओं की हड्डियों और मांसपेशियों को हानि न पहुँचे।

पौष्टिकता का मतलब मोटापा बढ़ानेवाली तली-भुनी, भारी, गरिष्ठ चीजें नहीं, प्रोटीन-खनिज-विटामिन से भरपूर भोजन होता है, जिससे शक्ति मिलती है, बढ़त में बाधा नहीं पड़ती और बीमारियों से बचाव होता है। सही संतुलित भोजन कैसे स्वास्थ्य व सौंदर्य दोनों के लिए समान रूप से उपयोगी है, यह पहले बताया ही जा चुका है।

इसके लिए कैलोरी गिनने या तत्त्वों के मिलान पर सिर खपाने की जरूरत नहीं। केवल कुछ सामान्य बातें समझ लेना ही पर्याप्त है। किशोरियों के लिए ही नहीं, आगे ये सही आदतें पूरे स्त्री-जीवन में भी काम आएँगी। अच्छा हो, इन्हें एक डायरी में नोट कर लिया जाए।

हॉस्टल जीवन में सामूहिक व्यवस्था से इसमें कुछ हेर-फेर स्वीकार किया जा सकता है, इसके साथ कुछ अतिरिक्त व्यवस्था भी सोची जा सकती है, जैसे कि मैंने पहले तुम्हें कहा कि तुम कुछ लड़कियाँ मिलकर प्रिंसिपल से उसी तरह नियमित भोजन-मेन्यू में भी जरूरी परिवर्तन की माँग उठा सकती हो (बशर्ते कि कमी पूर्व मेन्यू में हो), जिस तरह परीक्षा के दिनों में सभी लड़कियों के मेन्यू में जरूरत के अनुसार परिवर्तन कर लिया जाता है या किन्हीं लड़कियों के लिए मासिकधर्म के दिनों और उनकी बीमारी के दौरान विशेष भोजन की व्यवस्था कर दी जाती है। पर सामान्य नियम तो सबके लिए ये ही स्वीकार्य होंगे—

- वजन कम रखने के लिए कहने के बजाय, कहूँगी, ठीक रखने के लिए, भूखा रहना कतई जरूरी नहीं। इससे कमजोरी आएगी व बीमारियाँ घेरेंगी। इसके बजाय भोजन ऐसा लेना है कि भरपेट खाकर भी मोटापा न बढ़े। जैसे—चॉकलेट, मिठाई, फास्ट फूड आदि कम लेकर भोजन में दूध-दही, हरी सब्जी, सलाद, ताजे फलों की मात्रा बढ़ाना। भोजन से पहले सलाद लेने की आदत डालने से रोटी-चावल जैसी कार्बोहाइड्रेट-युक्त चीजें स्वयं ही कम खाई जाएँगी। पेट भी भरा रहेगा, पोषण की कमी भी नहीं होगी और वजन भी नहीं बढ़ेगा।
- हमेशा कुछ-न-कुछ खाते रहने की आदत छोड़कर नियमित रूप से निश्चित समय पर ठीक से खाएँ। कभी विशेष कारण से ही इस नियम में छूट लें तो पेट ठीक रहेगा, वजन संतुलित रहेगा। न बीमारी घेरेगी, न

आलस या सुस्ती।

- अधिक मिर्च-मसालेवाला तला-भुना, गरिष्ठ भोजन कभी किसी पार्टी में या छुट्टीवाले दिन ही लेने की आदत डालें और उस दिन एक समय का सामान्य भोजन छोड़ दें। वैसे भी रख सकें तो सप्ताह में एक दिन का उपवास रखने से लाभ होगा।
- दोनों समय के भोजन में से अपनी सुविधानुसार एक समय का भोजन हलका रखें, दूसरे समय का भरपूर पोषण देनेवाला। कामकाजी युवतियाँ व छात्राएँ दिन का भोजन हलका रखें तो उन्हें लाभ होगा। पर जिन्हें रात को देर तक पढ़ना हो, उन्हें रात को हलका भोजन लेना चाहिए।
- नाश्ते में चाय की जगह दूध लें। शरीर में चरबी ज्यादा हो, कम करनी हो तो बदले में सप्रेटा दूध या छाछ लेनी चाहिए।
- बाहर खाना पड़े तो चाट-पकौड़ी, छोले-भठूरे, समोसा-कचौड़ी की जगह इडली, प्लेन डोसा, ढोकला, उपमा का चुनाव उपयुक्त रहेगा।
- क्रीम, सॉस, स्प्रैइस की जगह देसी चटनी को प्राथमिकता दें।
- न अधिक ठंडे पेय लें, न तेज गरम चाय ही। दाँतों की सुरक्षा व खूबसूरती के लिए यह जरूरी है कि ज्यादा शीत-गरम वस्तुएँ न ली जाएँ। यहाँ तक कि पानी भी खूब ठंडा न पिया जाए। पर पेट साफ रखने व त्वचा की सुंदरता के लिए दिन भर में दस-पंद्रह गिलास पानी जरूर पीना चाहिए।
- सब्जी-सलाद-फल लेने व पर्याप्त मात्रा में पानी पीने पर कब्ज नहीं होती और मुँहासों सहित त्वचा संबंधी समस्याओं का समाधान होता है। फिर भी कब्ज हो तो रात को सोते समय ईसबगोल की भूसी लें। पर ध्यान रहे, भोजन-सुधार ही करना है, ईसबगोल या कायम चूर्ण जैसी रेचक चीजों की आदत नहीं डालनी है।
- कोला जैसे शीतल पेय कम-से-कम लें, क्योंकि इनमें कार्बन डाइ-ऑक्साइड रहता है, जो मुँह में जाकर अम्ल में बदल जाता है और दाँतों के एनेमल को नुकसान पहुँचाता है। विकल्प के रूप में लस्सी प्रोटीन, कैल्सियम, फॉस्फोरसयुक्त होने से लाभकारी रहेगी।
- अंत में एक जरूरी बात यह कि किसी कारण वजन अधिक हो और कम करना जरूरी लगे, तो किसी विशेषज्ञ की देख-रेख में ही करें कि कमजोरी या एनीमिया की शिकार होकर भीतरी रोग-प्रतिरोधक शक्ति ही न कम कर लें।

मैं जानती हूँ सुगंधा, तुम्हें भोजन संबंधी इतनी सारी हिदायतों की अभी एकदम जरूरत नहीं। फिर भी ये सारी सामान्य बातें एक डायरी में नोट करके रख लेने से कभी भी तुम्हारे या किसी अन्य के भी काम आ सकती हैं। अपने लिए तो यह डायरी जीवन भर की निधि बनकर रहेगी ही। आखिर में इस बात को मैं फिर दोहरा रही हूँ कि पतला-छरहरा बदन होना किसी भी किशोरी के लिए अच्छी बात है, पर यह 'फिगर' स्वास्थ्य की कीमत पर प्राप्त करना बुद्धिमानी नहीं। फिर वही बात कि संतुलन हर जगह, हर बात में चाहिए।

बस, आज इतना ही। पत्र पहले ही लंबा हो गया है। इसलिए सौंदर्य संबंधी अन्य सुझाव अगली बार। लिखना कि अब स्वास्थ्य कैसा है? स्फूर्ति लौटी कि नहीं?

—तुम्हारी माँ

□

सौंदर्य की देखभाल

सुनो सुगंधा,

पिछले पत्र में मैंने तुम्हारी कुछ समस्याओं का उत्तर देते हुए लिखा था कि ये केवल सौंदर्य-समस्याएँ नहीं हैं। इनका संबंध तुम्हारे आहार-विहार से भी है, यानी संतुलित आहार न लेना। पेट साफ न रखना। भोजन में किन्हीं पौष्टिक तत्त्वों की कमी। बाल झड़ना, मुँहासे निकलना, त्वचा साफ-चमकीली न होना आदि सौंदर्य-समस्याएँ उचित आहार न लेने के साथ इस उम्र में भीतरी हारमोनल असंतुलन के कारण भी होती हैं। मन की सोच एवं स्थिरता पर भी इसका असर पड़ता है।

एक अबूझ बेचैनी बनी रहना, मन बुझा-बुझा रहना, बार-बार मूड बदलना आदि लक्षण भी किशोर उम्र के सामान्य लक्षण हैं। इनसे परेशान होने की जरूरत नहीं। इन्हें समझकर, इनका उपाय करना होगा कि असंतुलित आहार और असंतुलित सोच से इनमें उभार न आए और समस्याएँ न बढ़ें।

यही उम्र है, मन व शरीर के संतुलित विकास की। संतुलित आहार लेकर शरीर तो चुस्त-दुरुस्त रखा ही जा सकता है, सौंदर्य-समस्याएँ भी हल की जा सकती हैं। कैसे? इसपर पहले काफी लिखा जा चुका है। इस बार सौंदर्य की देखभाल व सौंदर्य-समस्याओं के घरेलू उपचार संबंधी उपयोगी जानकारी लो और जरूरी बातें उसी तरह डायरी में नोट करो कि वक्त-जरूरत कभी भी, किसी के भी काम आ सकें।

वैसे शायद तुम्हें यह बताने की आवश्यकता नहीं कि सौंदर्य केवल रंग-रूप, वेशभूषा, केश-सज्जा शैली व मेकअप का ही नाम नहीं है, समूचे व्यक्तित्व के निखार का नाम है, जिसमें चाल-ढाल, शिष्टाचार के तौर-तरीके, बातचीत का सलीका, बौद्धिक प्रखरता, हाजिरजवाबी सभी कुछ समाहित है। आजकल सौंदर्य-प्रतियोगिताओं में चयन का आधार भी समूचे व्यक्तित्व का प्रभाव ही होता है।

इसलिए संतुलित आहार के बाद, संतुलित सोच व संतुलित व्यवहारवाले समूचे व्यक्तित्व पर ही ध्यान देना है। तो संक्षेप में इन सभी विषयों पर अलग-अलग जरूरी चर्चा करनी होगी।

पहले सौंदर्य की देखभाल व सँभाल को ही लें—

एक छोटे बच्चे की त्वचा प्राय: दोषरहित होती है। किशोरावस्था में आकर अगर कोई समस्या न हो तो इसमें भरपूर निखार आता है। प्रारंभिक किशोर उम्र तक त्वचा स्वस्थ व चमकदार बनी रहती है। फिर भीतरी हारमोनल उथल-पुथल से इसमें कुछ समस्याएँ उभरने लगती हैं। ऐसे समय सही खुराक और सही सोच के साथ, त्वचा की सही देखभाल भी कर ली जाए तो सौंदर्य-समस्याएँ सामने नहीं आएँगी और व्यक्तित्व निखरेगा। इसलिए इस उम्र में मेकअप पर नहीं, प्राकृतिक सौंदर्य निखारने के लिए त्वचा पर ही अधिक ध्यान देने की जरूरत है।

आनुवंशिक कारण के अलावा, त्वचा संबंधी समस्याएँ अधिकतर देखभाल में लापरवाही, सिर की रूसी, कोई भीतरी कमी और असंतुलन के कारण ही उपजती हैं। असंतुलन में हारमोनल असंतुलन और खान-पान का असंतुलन, दोनों ही आते हैं। इनके अलावा आजकल वातावरण-प्रदूषण और सौंदर्य-उत्पादों में मिले हानिकारक रसायन भी इन कारणों में जुड़ गए हैं। इसलिए किशोरियों को अनावश्यक मेकअप से बचने और प्राकृतिक सौंदर्य निखारने की सलाह दी जाती है। इस उम्र में किसी विशेष उत्सव या पार्टी में हलके मेकअप के सिवा लड़कियों को दैनिक मेकअप की कतई जरूरत नहीं, यह बात विशेष ध्यान देने की है।

त्वचा की देखभाल में मुख्य बातें आती हैं—सही खुराक और निश्चिंत मन से अच्छी नींद लेना कि सौंदर्य-समस्याएँ न उभरें। त्वचा की पहचान कि आपकी त्वचा शुष्क है या तैलीय या मिश्रित? फिर उसी हिसाब से उसकी सार-सँभाल। उसका धूप-धूल से बचाव और उसकी सफाई-स्वच्छता पर पूरा ध्यान। ऊपरी सफाई के अलावा, भीतरी सफाई के लिए पेट साफ रखना और दिन भर में दस से पंद्रह गिलास (मौसम के अनुसार) पानी पीना। ये मूलभूत बातें समझ लेने के बाद आओ अब त्वचा संबंधी समस्याओं को एक-एक करके लें—

किशोरावस्था में शारीरिक बदलाव तेजी से होता है, तो कई बार भीतरी हारमोनल संतुलन कुछ ज्यादा ही गड़बड़ा जाता है। त्वचा की ग्रंथियाँ चिकनाई का अधिक स्राव करने लगती हैं तो पसीना ज्यादा आता है और मुँहासे निकलने लगते हैं। इस उम्र में मुँहासे हारमोनल कारण से निकलते हैं। फिर भी यह समझने की बात है कि तब भी ये अधिकतर तैलीय त्वचा पर ही निकलते हैं, शुष्क त्वचा पर नहीं।

मुँहासे शारीरिक विकास पूरा हो जाने पर समय के साथ ठीक भी हो जाते हैं और नए निकलना बंद भी हो जाते हैं। पर इस दौरान लापरवाही बरतने से मुँहासे अपने पीछे दाग-धब्बे छोड़ जाते हैं, जिससे त्वचा को, किशोर-सौंदर्य को हानि पहुँचती है। सौंदर्य-हानि से भी अधिक हानि होती है, इसे लेकर किशोरियों का हीन भाव से घिर जाना। अत: मुँहासे न निकलें, कम निकलें और अपने पीछे दाग न छोड़ें, इसका उपाय करना होगा।

यह जानने के बाद कि मुँहासे तैलीय त्वचा पर ही निकलते हैं, तैलीय त्वचा की प्रकृति समझकर उसका इलाज करना चाहिए। चेहरे को दिन में कई बार पानी के छींटें मार-मारकर धोना चाहिए। इसके बाद नरम तौलिए से थपथपाकर पोंछना है, जिससे कि खुरदरे तौलिए से रगड़कर पोंछने से मुँहासे छिलें नहीं। मुँहासों को हाथ से दबाना या छीलना तो हरगिज नहीं, अन्यथा भद्दे दाग पड़ जाएँगे। इस तरह की तैलीय त्वचा पर कोई चिकनी चीज भी नहीं लगानी है।

कई बार साबुन-पानी से धोने के बाद लड़कियाँ अकसर क्रीम आदि लगा लेती हैं, जिससे तैलीय त्वचा की तैलीय समस्या और बढ़ जाती है। मुँहासे और अधिक निकलते हैं और जल्दी ठीक नहीं होते। जो जल्दी ठीक नहीं होंगे, वे दाग भी अधिक छोड़ेंगे। इसलिए चेहरे पर चिकनाई भूल से भी नहीं लगानी चाहिए। कोई पोषक क्रीम या तैलीय क्लीजिंग-उत्पाद भी प्रयोग में न लाएँ। रोम-छिद्रों को तेल से मुक्त रखने के लिए इस प्रकार की त्वचा के लिए तैयार किए गए विशेष 'मेडीकेटेड क्लींजर' का उपयोग करें और विशेष समस्या होने पर त्वचा-विशेषज्ञ की राय भी लें, जिससे कि आपकी त्वचा क्षतिग्रस्त न हो और बाद में इसे लेकर कोई समस्या न आए।

तैलीय त्वचा की सफाई के लिए बार-बार चेहरा धोना और पर्याप्त पानी पीना ही पर्याप्त है। कब्ज हो तो पेट की सफाई पर भी ध्यान देना होगा। तैलीय त्वचा की विशेष पहचान है, उसका चमकदार व चिकना होना और बड़े रोम-छिद्र। इन रोम-छिद्रों को ही सफाई से खुला रखने की जरूरत होती है, अन्यथा रोम-छिद्र बंद हो जाने पर 'ब्लैकहेड्स' भी उभर आते हैं। उनसे संक्रमण फैलता है और मुँहासे पक जाते हैं।

इन रोम-छिद्रों को खोलने के लिए चेहरे पर भाप देनी चाहिए। भीगा तौलिया लपेटकर गरम पानी से भाप लें, फिर खुले रोम-छिद्रों की हलके से सफाई कर, उन्हें वापस सिकोड़ना भी होता है। इसके लिए 'एस्ट्रिजेंट' या गुलाब के सत्तवाला स्किन टॉनिक या नीबू का रस या खीरे का रस हौले-हौले रुई के फाहे से थपथपाकर

लगाएँ। इसके बाद भी ध्यान रखें कि सफाई नियमित हो, जिससे रोम-छिद्र दोबारा न बंद हों।

पसीना ज्यादा आता हो और पसीने में दुर्गंध भी हो, तो स्नान के पानी में नीम की पत्तियाँ डाल लें और बगलों-जोड़ों की सफाई का विशेष ध्यान रखें। नीम में 'एंटीसेप्टिक' गुण होता है, यह पानी मुँहासोंवाला चेहरा साफ करने के लिए भी उपयोगी रहेगा। लेकिन इसका उपयोग बार-बार नहीं, दिन में दो बार ही करना ठीक होगा। अधिक पानी पीने, सफाई का विशेष ध्यान रखने और नहाने के बाद जोड़ों-बगलों में (मुँहासोंवाले चेहरे पर नहीं) टेलकम छिड़कने से पसीने की समस्या का समाधान होगा।

शुष्क चेहरे पर साबुन का कम-से-कम इस्तेमाल करें। दही मलकर चेहरा धो लें या किसी अच्छे ग्लिसरीनयुक्त साबुन का इस्तेमाल करें। त्वचा को धूप के कुप्रभाव से बचाने की अधिक जरूरत है, इसलिए बाहर निकलते समय 'सन स्क्रीन लोशन' का इस्तेमाल करें। क्रीम की हलकी मालिश भी की जा सकती है। मिश्रित त्वचा को दाग-धब्बों से बचाने के लिए मलाई में नीबू के रस का प्रयोग लाभकारी रहेगा। शुष्क त्वचा पर नीबू, खीरे के रस या 'एस्ट्रिजेंट' का इस्तेमाल नहीं करना चाहिए। बस इन कुछ बातों का ध्यान रख लें तो शुष्क त्वचा की देखभाल तैलीय त्वचा की तरह मुश्किल नहीं। इसपर मुँहासे नहीं निकलते।

ये सारे उपाय करने पर भी त्वचा साफ न हो, कोई समस्या परेशान कर रही हो तो त्वचा विशेषज्ञ और ग्रंथि-विशेषज्ञ से परामर्श करें। मुँहासों के दाग-धब्बे कुछ समय बाद भी ठीक न हों तो किसी सौंदर्य-क्लीनिक की मदद ली जा सकती है। होंठों पर बाल आने की समस्या भी भीतरी हारमोनल असंतुलन से ही पैदा होती है। अतः किशोरावस्था के प्रारंभ से ही स्वास्थ्य व सौंदर्य संबंधी सफाई व संतुलनवाली हिदायतों का पालन कर, इसपर रोक लगाएँ, अन्यथा बाद में इन बालों के लिए भी घरेलू व क्लीनिकल उपचार की जरूरत पड़ सकती है।

यह भी देखना होगा कि किशोरावस्था में कुछ वर्ष माहवारी अनियमित होकर ठीक हो रही है कि नहीं। स्राव अधिक हो या वह अधिक पीड़ादायक हो तो लेडी डॉक्टर को दिखाएँ। सही समय पर चिकित्सा लेने से हिचकना नहीं चाहिए, अन्यथा इससे भी सौंदर्य संबंधी समस्याएँ सामने आ सकती हैं। स्वास्थ्य की इस गड़बड़ी का इलाज करने के साथ, मानसिक रूप से चिंतामुक्त हुए बिना स्थायी समाधान नहीं मिलेगा।

किशोरियों की अधिकतर समस्याओं का समाधान इसीलिए जल्दी नहीं निकल

पाता कि वे इन्हें लेकर अनावश्यक चिंता-तनाव पाल लेती हैं, जिससे समस्या और बढ़ती है। साथ ही सुस्ती व लापरवाहीवश स्वच्छता पर विशेष ध्यान नहीं देतीं। अगर पोषण की कमी व अत्यधिक चिंता-तनाव के कारण बाल झड़ते हैं तो रूसी ठीक से सफाई न रख पाने के कारण होती है। यही नहीं, कभी-कभी अस्वच्छता के कारण जुएँ तक पड़ जाती हैं। इसलिए बालों की सफाई पर भी खास ध्यान देना है।

सिर धोने से पहले सिर में तेल लगाएँ, धोने के बाद ऊपर से नहीं। बाल गरमी में एक दिन छोड़कर धोएँ, सर्दी में सप्ताह में दो बार। केश-सज्जा की कोई भी शैली अपनी पसंद के अनुसार अपनाएँ। पर वह दूसरों की नकल न हो, आपके अपने चेहरे के अनुकूल हो, जो सौंदर्य में निखार लाए, न कि बेमेल लगे। बालों की शैली चेहरे की अनुकूलता के अलावा मौसम व अवसर की अनुकूलता के अनुसार भी अपनाई जानी चाहिए। बाल लंबे रखें या छोटे, बड़ी उम्र की महिलाओं जैसे जूड़े व अन्य शैलियाँ किशोरियों के लिए उपयुक्त नहीं रहेंगी। इसलिए उम्र की अनुकूलता भी चाहिए।

किसी विशेष अवसर पर भी हलका-फुलका मेकअप ही करना चाहिए। स्कूल-कॉलेज की छात्राओं के लिए किसी दैनिक मेकअप की जरूरत नहीं। उनका प्राकृतिक रूप से निखरा रूप-रंग ही उन्हें आकर्षक बनाएगा, जबकि बेजरूरत लिपा-पुता चेहरा उलटे विकर्षण पैदा करेगा। घूम-फिरकर वही बात सामने आती है कि खानपान में संतुलन लाओ, वेशभूषा और सौंदर्य में संतुलन का, उम्र की अनुकूलता का ध्यान रखो और संतुलित सोच अपनाकर आकर्षक रूप में संतुलित व्यक्तित्व की स्वामिनी बनो। भविष्य तुम्हारा होगा ही, वर्तमान में भी लोकप्रियता अर्जित करने का यही रहस्य है। समूचे व्यक्तित्व के संतुलन व प्रभाव पर कुछ और जानकारी के लिए मेरे अगले पत्र का इंतजार करना।

—तुम्हारी माँ

□

वेशभूषा और व्यक्तित्व

सुनो सुगंधा,

पिछले दो पत्रों में से एक में मैंने तुम्हें बताया था कि सौंदर्य-समस्या प्राथमिक रूप से स्वास्थ्य से जुड़ी है और संतुलित आहार लेने, पेट साफ रखने, निश्चिंत मन से काम में लगे रहने, कार्य-मनोरंजन-विश्राम में संतुलन आदि नियमों का पालन कर शारीरिक-मानसिक स्वास्थ्य बनाए रखने से किसी भी सौंदर्य-समस्या का सामना नहीं करना पड़ेगा। न त्वचा दागदार होगी, न मुँहासे निकलेंगे (अधिक तैलीय त्वचा पर निकलेंगे भी तो जल्दी ठीक हो जाएँगे या बताए गए उपचार से जल्दी ठीक कर लिये जाएँगे), न बाल झड़ेंगे, न आँखों के नीचे काली झाँइयाँ ही दिखाई देंगी।

और अपने दूसरे पत्र में त्वचा व सौंदर्य की सामान्य देखभाल के लिए भी मैंने कुछ निर्देश दिए थे कि किशोरियों को इधर-उधर से पढ़-सुनकर न तो त्वचा से कुछ छेड़खाड़ करनी चाहिए, न किसी पार्टी आदि के अवसर पर नेचुरल लगनेवाले हलके मेकअप के अलावा, दैनिक रूप से किन्हीं प्रसाधनों का उपयोग ही करना चाहिए। प्रकृति ने स्वयं ही किशोरियों के साथ (किशोरों की अपेक्षा) पक्षपात करते हुए, उन्हें प्राकृतिक आकर्षण प्रदान किया है, जिसे बनाए रखना है और थोड़ा सा ध्यान देकर उसमें ऐसा निखार लाना है कि पूरा व्यक्तित्व आकर्षक लगे।

पूर्ण युवा महिलाओं के महफिल में छा जाने का अर्थ कुछ और होता है, किशोरी लड़कियों के लिए कुछ और। महँगे गहने-कपड़े और गहरा मेकअप उन्हें आकर्षक के बजाय अनाकर्षक ही बनाएगा। इसी तरह 'स्माइलिंग ब्यूटी' का मतलब होगा—स्वच्छता-सफाई व आयु-अवसर के अनुकूल वेशभूषा के साथ, चमकीले दाँत, बोलती हुई आँखें व होंठों पर मुसकराहट। उसपर यदि बातचीत में

समसामयिकता व बौद्धिक झलक प्रस्तुत कर सकें तो सोने में सुहागावाली कहावत चरितार्थ होगी।

इसके विपरीत, अपने व्यक्तित्व के अनुकूल नहीं, दूसरों की नकल पर, भेड़चाल के रूप में अपनाया गया फैशन, भौंहों में पड़े बल, होंठों पर व्यंग्य भरी टेढ़ी मुसकराहट और आँखों में अपनी नापसंदगी जाहिर करता कुटिल भाव सामनेवालों पर क्या प्रभाव छोड़ेगा? यह बताने की आवश्यकता नहीं।

इस तरह आकर्षक व्यक्तित्व का मतलब केवल प्राकृतिक रूप से प्राप्त गोरा रंग व अच्छा नाक-नक्श ही नहीं होता। प्रकृति से इसे पाना अपने वश में भी नहीं होता। हाँ, इसके अहं में समूचे व्यक्तित्व को निखारकर प्रभावी बनाने के प्रति लापरवाही से उसे खो देना जरूर हमारे वश में है। अन्यथा क्या कारण है कि अनेक सुंदर लड़कियों का व्यक्तित्व प्रभावहीन होता है, जबकि मामूली रंग-रूपवाली साधारण लड़कियाँ भी सौंदर्य की उचित सँभाल और सुरुचिपूर्ण चाल-ढाल एवं सुघड़ व्यवहार से अपने चारों ओर फूलों-सी सुगंध बिखेरती चलती हैं? सीधी सी बात है कि फूहड़ता अच्छे-भले सौंदर्य को नष्ट कर देती है और सुरुचि कुरूपता में भी आकर्षण उत्पन्न कर देती है। आओ देखें, कैसे?

एक पारिवारिक पार्टी में कुछ लड़के-लड़कियाँ सम्मिलित थे। एक लड़की को बाहर से आए एक लड़के को पसंद करना था। लड़की परंपरागत भारतीय नारी, वह भी विवाहित महिला की तरह सज-धजकर आई और किसी भी बात का उत्तर देने के बजाय मुँह में साड़ी की कोर ठूँस, आँखें नीची कर हँसती रही। उसका छुईमुई बन शरमाना उसे समय से पिछड़ी करार दे गया और लड़के ने उसे नापसंद कर दिया।

इसी पार्टी में एक मॉड किस्म की लड़की भी शामिल थी, जो बात-बात में लड़कों की तरह ठहाके लगाती थी। दोस्तों के बीच उचक-उचककर, हाथ-पैर चलाते हुए ऊँचा-ऊँचा बोलकर बहस करती थी। यहाँ तक कि लड़कों का ध्यान खींचने के लिए लापरवाही से अपने वक्ष पर से चुन्नी भी नीचे गिरने देती थी। लड़का बार-बार उधर देख लेता, क्योंकि वह हरकतें ही ऐसी कर रही थी। दूर की रिश्तेदार उस लड़की के घरवालों ने सोचा, उनकी लड़की उस लड़के को पसंद है। मौका देख उन्होंने बात चलाई और वह लड़का उसे भी नापसंद करके चला गया।

क्यों हुआ ऐसा? **पहली लड़की ने पिछड़ेपन की छाप छोड़ी और दूसरी ने स्त्रियोचित गुणों के अभाव की, यानी व्यक्तित्व का संतुलन दोनों में ही नहीं था।** समूचा प्रभाव इसी संतुलन का पड़ता है। अपने व्यक्तित्व को आकर्षक और

प्रभावशाली बनाने के लिए लड़कियों को स्वयं में यह संतुलन ही लाना है। पुरुष की निगाह में जमने के लिए ही नहीं, समाज में अपना स्थान पाने, अपनी पहचान बनाने के लिए भी या कहें, अपने परिवेश में 'फिट' होने के लिए भी।

आज का समाज लड़कियों से इस दोहरी भूमिका की ही माँग कर रहा है। उसे शिक्षित व आधुनिक भी होना है, घर से बाहर काम भी करना है और एक भारतीय नारी के नाते अपनी अस्मिता की पहचान को भी नहीं खोना है, अपने संस्कार की छाप भी छोड़नी है। इस संतुलन के अभाव में ही आज अकसर घर टूट रहे हैं, क्योंकि ज्ञान-विज्ञान की प्रगति को अपनी जड़ों पर नहीं टिकाया गया। स्वतंत्रता व स्वच्छंदता का भेद लड़कियों को नहीं समझाया गया और अधिकार व कर्तव्य में संतुलन साधना उन्हें नहीं सिखाया गया।

बहरहाल, इस विषय के विस्तार में न जाकर, यहाँ व्यक्तित्व निखार में वेशभूषा के स्थान की ही बात करें—फैशन कोई बुरी अथवा त्याज्य वस्तु नहीं है। फैशन का अर्थ है—नवीनता। नवीनता में ताजगी है, आकर्षण है। अत: नवीनता की स्वाभाविक चाह के अनुसार प्रचलित फैशन समय-समय पर बदलता रहता है। अत: वेशभूषा में समयानुकूल परिवर्तन आना स्वाभाविक है।

किन्हीं पुरातनपंथी माँ-बाप के सिवा कोई भी आधुनिक संतुलित सोचवाले अभिभावक अपनी लड़की को समय से पिछड़ी देखना पसंद नहीं करते। दिक्कत वहीं पेश आती है, जब लड़की न तो घर की आर्थिक स्थिति का ध्यान करे, न अपने परिवेश का और न अपने व्यक्तित्व की अनुकूलता का। बस फलाँ सहेली के पास जो है, उसे वैसी ही पोशाक चाहिए, चाहे वह उसके कद-काठी व परिवेश के अनुकूल हो या नहीं।

यहाँ **यह सवाल कोई मायने नहीं रखता कि आप जीन्स पहनती हैं या साड़ी या कि सलवार-कुरता। आपकी पोशाक आपके घर-परिवार के परिवेश के अनुकूल तो हो ही, आपके रूप-रंग, कद व शारीरिक गठन के अनुकूल भी होनी चाहिए और अवसर के अनुकूल भी।** रही आर्थिक हैसियत की बात, तो आज यह कोई मुश्किल बात नहीं कि कम खर्च में फैशन के साथ न चल सकें, बल्कि आधुनिक पोशाकें सस्ती भी हैं, सुविधाजनक भी, बजाय परंपरागत पोशाकों के। बस, वह आपके अनुकूल होनी चाहिए, जो आपकी कमियों को छिपा सके और खूबियों को उभार सके। यानी आपके पास जो है, उसे निखार सके। किसी की नकल से यह बात नहीं बनती, बन भी नहीं सकती।

जैसेकि आपका कद छोटा है तो बजाय इसे लेकर हीनता अनुभव करने के,

इस कमी को कुछ हद तक पोशाक से पूरी करें। एक ही रंग का सूट पहनकर, खड़ी धारीवाली डिजाइन चुनकर, बालों की कुछ ऊँची शैली अपनाकर और ऊँची हीलवाली सैंडिल या चप्पल पहनकर।

इसके विपरीत, अगर आपका कद जरूरत से ज्यादा लंबा और शरीर पतला-दुबला है, तो कद को दो रंग का सूट पहनकर कुछ छोटा दिखाया जा सकता है। इसी तरह आड़ी धारीवाले और बड़े फूलोंवाले प्रिंट चुनकर भी कद को थोड़ा संतुलित दिखाया जा सकता है। लंबे कद के साथ गरदन भी लंबी होगी, माथा भी कुछ ऊँचा। तब खुले गले की काट के बजाय, छोटा या बंद गला रखें और माथे पर कटे बालों की कुछ लटें लहरा दें।

छोटे माथे पर ये ही लटें भद्दी दिखाई देंगी, तब बालों को पीछे लेकर ऊँची शैली अपनानी होगी। ठुड्डी नुकीली हो तो इस तिकोने चेहरे पर दोनों ओर गालों पर लंबी लटें लहराने से चेहरे को संतुलन में दिखाया जा सकता है। छोटे कद के साथ शरीर कुछ भारी हो तो भूलकर चौखाने डिजाइन के या बड़े फूलोंवाले वस्त्र नहीं पहनने चाहिए।

ऐसे बहुत से सुझाव हो सकते हैं, जिन्हें वेशभूषा में अपनाकर या विशेष मेकअप द्वारा अपने प्राकृतिक व्यक्तित्व की कमियों को छिपाकर, खूबियों को उभारा जा सकता है। यदि कोई विशेष समस्या हो तो एक बार किसी ब्यूटी क्लीनिक में जाकर सलाह लेने में हर्ज नहीं।

यह तो रही शारीरिक गठन के अनुकूल वेशभूषा की बात। यह अनुकूलता समय, स्थान, अवसर, आयु और मौसम के अनुसार भी तो चाहिए। शादी-ब्याह में, शाम की पार्टियों में, सार्वजनिक स्थानों पर, दैनिक कार्य-स्थल (कॉलेज या ऑफिस आदि) पर एक समान वेशभूषा नहीं चलेगी, न मेकअप ही। इसी तरह सुबह, दोपहर, शाम या रात को कहीं जाने पर अलग-अलग वेशभूषा का चुनाव करना होगा। गरमी, सर्दी, बरसात के मौसम के लिए भी इसी तरह अनुकूलता चाहिए। व्यक्तित्व के साथ आयु, समय व स्थान का ही मेल नहीं बैठाना होगा, अपनी सामाजिक स्थिति का भी ध्यान रखना होगा। किसी भी मामले में नकल नहीं चलेगी।

प्रचलित फैशन के साथ चलने में थोड़ी-बहुत नकल चलती है, पर अक्ल के साथ की गई नकल ही चलेगी, बिना सोचे-समझे अपनी स्थितियों के साथ मेल बैठाए बिना नहीं। किशोरियों को हर महीने पार्लर जाने की भी जरूरत नहीं। पर अपने बारे में भूषा, केश-सज्जा शैली आदि का सही चुनाव करने के लिए एक बार

सौंदर्य विशेषज्ञ की सलाह लेने में हर्ज नहीं। किसी भ्रम की शिकार हों तो उससे मुक्ति मिलेगी और आगे किसी भी अवसर के अनुकूल स्वयं चुनाव करने में सक्षम हो सकेंगी।

पर समूचे व्यक्तित्व को निखारने या अपना व्यक्तित्व-आकर्षण बढ़ाने के लिए फिर भी इतना काफी नहीं है। इसके लिए शिष्टाचार के तौर-तरीके भी सीखने होते हैं। शालीन व्यवहार का, बैठने-उठने, बातचीत करने का सलीका भी अपनाना होता है, पर अभी मुझे कहीं जाना है, इसलिए पत्र लंबा न करके, इस विषय पर और बातचीत अगले पत्र में। प्रतीक्षा करना और अपने समाचार देना।

—तुम्हारी माँ

□

पूरे व्यक्तित्व का सौंदर्य

सुनो सुगंधा,

मैंने तुमसे वादा किया था कि अगला पत्र जल्दी ही लिखूँगी और उसमें बताऊँगी कि समूचे व्यक्तित्व का सौंदर्य क्या होता है ? क्या होता है, उसका सबको अपनी ओर खींचनेवाला आकर्षण ? कैसे छोड़ता है किसी का व्यक्तित्व दूसरों पर अपना प्रभाव ? यानी प्राकृतिक रूप-रंग, अच्छा स्वास्थ्य, सुंदरता की साज-सँवार और सुरुचिपूर्ण वेशभूषा ये सारे गुण मिलकर भी तब तक उसके व्यक्तित्व को प्रभावी नहीं बना पाएँगे, जब तक कि इनके साथ रहन-सहन, बातचीत का सलीका और बौद्धिक प्रखरता भी न आन मिलें।

सौंदर्य के ये सारे घटक मिलकर ही किसी का व्यक्तित्व निखार सकते हैं, उसे समग्र रूप से प्रभावी बना सकते हैं। इन्हें कोशिश करके प्राप्त करने का नाम ही **व्यक्तित्व की साधना** है।

घर-बाहर, मायके-ससुराल में इज्जत इसी से मिलती है कि लड़की कितनी सलीकेदार है। आधुनिक भाषा में कह सकते हैं, उसे 'एटीकेट्स' या 'मैनर्स' का कितना प्रशिक्षण मिला है ? या उसने स्वयं की साधना से शिष्ट व्यवहार किस हद तक अर्जित किया है ? एक लेडी रिसेप्शनिस्ट, एक एयर होस्टेस, एक डेस्क अधिकारी की सफलता उसके शालीन व्यवहार, मृदु वाणी, मोहक मुसकान और दूसरों की मदद करने या कम-से-कम उन्हें धैर्य से सुनने के गुणों से ही आँकी जाती है।

हर लड़की को इन क्षेत्रों में काम करने की जरूरत नहीं होती, पर दूसरों, यानी अजनबियों के प्रति भी उनके व्यवहार के तौर-तरीकों से, आगंतुकों से, मिलनार्थियों से उनके प्रश्नों के उत्तर देते समय अपनी सजगता व तत्परता से उन्हें संतुष्ट करने के उनके 'मैनर्स' से हर लड़की कुछ-न-कुछ सीख जरूर सकती है। इसे ही कहते हैं,

सार्वजनिक शिष्टाचार।

इसी तरह, किसी उत्सव-पार्टी में दूसरे लोगों के साथ बैठते समय, घर आए मेहमानों की आवभगत करते समय, नाश्ते या भोजन की मेज पर साथ बैठते-खाते समय भी विशेष तौर-तरीके अपनाने होते हैं कि आप पिछड़ी न समझी जाएँ या अपनी फूहड़ता प्रदर्शित कर हँसी की पात्र न बनें।

चार जनों के बीच बातचीत में भाग लेने लायक सामान्य योग्यता भी रखनी चाहिए, जिससे कि आप सामाजिक विषयों की, राजनीति की गहरी समझ न रखते हुए भी, कम-से-कम उनसे अपनी अनभिज्ञता जाहिर न करें। इसके लिए कुछ मनपसंद हॉबियाँ अपनानी चाहिए। समाचार-पत्र पढ़ने या रेडियो-टी.वी. से समाचार सुनने की आदत डालनी चाहिए। सुनना-पढ़ना ही पर्याप्त नहीं है। दैनिक समाचारों के संदर्भ में देश के हालातों पर घर में जानकार व्यक्तियों से, अपने समझदार मित्रों से उनपर चर्चा भी करते रहना चाहिए कि कहीं भी आप आम चर्चा में हिस्सा ले सकें, इस मामले में पिछड़ी न रहें।

फिर भी जरूरी नहीं कि बाहरी व्यक्तियों के बीच चर्चा के हर विषय की आपको समझ हो। तब जितनी समझ हो उतना ही बोलें, गलत बोलकर अपनी हँसी न कराएँ।

मुख्य बात है, सबके बीच बैठकर सार्वजनिक शिष्टाचार का ध्यान रखना। अपनी सौम्य मुसकान बिखेरते हुए दूसरों से मेल-जोल बढ़ाना, किंतु उतना ही खुलना, जितना बाहरी लोगों के सामने जरूरी हो।

अपने में ही खोए रहना गलत है, तो पहली ही मुलाकात में बहुत खुली-सपाट बातें करना भी उतना ही गलत। छुईमुई बनकर बेमतलब शरमाना, अपने कपड़े ही ठीक करते रहना, अपनी चुन्नी की कोर मरोड़ते रहना, आँखें नीची करके कनखियों से देखना आदि बातें यदि पिछड़ेपन की निशानी हैं, तो अधिक मॉड दिखने की कोशिश करना, लड़कों की तरह जोर से ठहाके लगाकर हँसना, गरदन-कूल्हे उचका-मटकाकर हाथ हिलाते हुए ऊँची आवाज में बातें करना अथवा दूसरों की खिल्ली उड़ाना भी अशिष्टता का, फूहड़ता का और गैर-जिम्मेदाराना व्यवहार का प्रदर्शन माना जाएगा। इन भद्दी आदतों को सुधारना होगा।

ये नियम उत्सव-पार्टी में ही नहीं, किसी भी सार्वजनिक स्थल (यात्रा करते समय, पार्क में बैठते समय, कहीं भी) लागू होंगे। अत: शिष्ट-शालीन व्यवहार की आदत डालनी होगी कि वक्त पर आपको याद से, कोशिश से ऐसा न करना पड़े। कोशिश में गलती हो सकती है, आदत डालकर व्यक्तित्व का अंग बना लेने से

गलती की संभावना नहीं रहेगी। अभ्यास या साधना से सब संभव है।

फिर जब शालीन व्यवहार से प्रशंसा और लोकप्रियता ही मिलनी है तो क्या यह अपने आप में प्रोत्साहन-पुरस्कार नहीं? प्रोत्साहन मिलता रहे तो साधना स्वयं अपना रास्ता पकड़ लेती है। तो प्रशंसा पाने के लिए ही सही, दूसरों का मन जीतने की व्यक्तित्व-साधना शुरू करिए और इसे जारी रखिए। आप स्वयं भी प्रसन्न रहेंगी, दूसरे भी आपसे खुश रहेंगे।

अब जरा खाने की मेज पर बैठकर भी शिष्टाचार के तौर-तरीके सीख लें कि आपको कहीं शर्मिंदगी न उठानी पड़े। रोज की खाने की मेज सजाने से लेकर खास मेहमानों की आवभगत करने तक और छोटी पार्टी से लेकर बड़ी पार्टी में शामिल होने तक के सभ्याचार हर लड़की को आने चाहिए। कुछ मुख्य बातें नोट करें—

- घर में दिन भर में कम-से-कम एक बार परिवार के साथ बैठकर खाने की आदत बनाएँ, जिससे व्यस्तता के बीच भी घर के सब लोग एक बार तो साथ बैठ सकें। इससे आपसी प्यार बढ़ता है और 'मैनर्स' का भी ध्यान रहता है। तो लड़कियों की घर की खाने की मेज से ही यह बात शुरू करें। घर की बड़ी लड़की को रोज की मेज लगाने की जिम्मेदारी ले लेनी चाहिए। दो-तीन लड़कियाँ हों तो बारी-बारी से यह काम अपने जिम्मे लेकर तौर-तरीके सीखें और मम्मी-पापा का दिल भी जीतें। दिन या रात को, जब भी साथ बैठना हो, उसके पहले मेज को साफ करके मैट्स व प्लेटें-थालियाँ आदि लगा दें। फिर समय पर गरम खाना परोसें।
- मेज लगाते समय मध्य के बड़े मैट पर एक फूलदान के साथ, सलाद-प्लेट सजाएँ। फिर उनके अगल-बगल भोजन के डोंगे लाकर रखने की जगह छोड़कर, एक ओर चम्मचें व नैपकिन रख दें, दूसरी ओर पानी के गिलास व जग। छुरी-काँटे से खाने की दैनिक आदत हमारे भारतीय घरों में नहीं है, अत: इन्हें मेहमानों की पार्टी के समय ही सजाएँ। इसी तरह नैपकिन के फूल भी रोज बनाने की जरूरत नहीं। पर यह ध्यान अवश्य रख लेना है कि मेज पर बैठनेवाले कितने हैं? उसी के अनुसार एक सब्जी या पकवान के लिए एक या दो डोंगे रखें कि हर सदस्य अपने बाईं ओर से अपनी जरूरत की चीज निकट से आसानी से उठाकर ले सके।
- मेज बहुत पहले न लगाएँ या फिर प्लेटें आदि जाली के कपड़े से ढककर रखें। इसी तरह पानी भी ढककर रखना चाहिए। पानी के भरे गिलासों को अल्यूमिनियम फाइल से भी ढककर सजा सकती हैं। खाने के सामान तो

सबके बैठने के बाद ही मेज पर लाने चाहिए कि गरम परोसे जा सकें। परोसते समय ध्यान रखें कि कोई चीज नीचे न गिरे। कभी गिर ही जाए तो बिना शोर मचाए, चुपके से पोंछ दें। दूसरा तरीका है कि सब लोग अपना खाना खुद परोसें। इससे वे उतना ही लेंगे, जो उन्हें खाना है, इससे खाना बेकार नहीं जाएगा। परोसनेवाली लड़की भी साथ बैठकर खा सकेगी। पर यह अपने घर के चलन व पसंद पर निर्भर है। हाँ, बार-बार आग्रह करके जबरदस्ती खिलाना आधुनिक चलन में नहीं, इस बात का ध्यान जरूर रखें।

- खाना खाते समय न तो एकदम चुप रहना चाहिए, न अधिक बोलना ही चाहिए। व्यस्त परिवारों में अकसर जरूरी बातें भोजन की मेज पर ही होती हैं। पर यह वक्त न तो फालतू बातों के लिए है, न शिकवे-शिकायत के लिए। भोजन के समय परस्पर निकटता व आत्मीयता का ही लाभ लेना है।
- भोजन चबा-चबाकर खाने से वह अच्छी तरह पचता है, जबकि जल्दबाजी में खाने से उलटा असर होता है, इसलिए हलकी-फुलकी बातचीत के साथ धीरे-धीरे भोजन करते हुए इसका पूरा आनंद व लाभ लीजिए। पर घर में हैं तब भी 'मैनर्स' का ध्यान जरूर रखना चाहिए। न तो जोर-जोर से बात करते हुए खाएँ, न खाते समय मुँह से चपर-चपर की आवाज निकालें। शांति से, सुघड़ता से बैठकर भोजन करें और सबके खा चुकने से पहले मेज से न उठें।
- कभी किसी कारण भोजन में से बाल या अन्य कोई कंकड़ आदि निकल आए तो उसे चुपचाप निकालकर एक खाली प्लेट में रखें व प्लेट मेज के नीचे खिसका दें कि अन्य लोगों को इसका पता चलने पर उनका खाने से मन न उचट जाए। उस समय उसके लिए किसी को जिम्मेदार ठहराते हुए कोसना या शोर मचाना उचित नहीं। बाद में नौकर या जिसने खाना पकाया हो, उससे अलग से पूछा जा सकता है कि उससे आगे ऐसी गलती न हो।
- बाहर की औपचारिक पार्टी में या घर में मेहमानों के खाते समय ध्यान दें कि परोसनेवाला बैरा या कोई भी सदस्य बाईं ओर से डोंगा आपके पास लाए, तभी उसमें से अपनी जरूरत की चीज लें और साथ रखी चम्मच, होल्डर आदि से ही उठाएँ, हाथ से नहीं। जब परोसनेवाला आपके दाएँ

बैठे व्यक्ति को परोस रहा हो, आप दाएँ घूमकर चीज न लें, उसके बाईं ओर आने की प्रतीक्षा करें।

- मैट पर छुरी-काँटे सजाने हैं तो काँटा बाईं ओर व छुरी दाईं ओर सजाएँ। मेज पर पहले से इसी क्रम में सजे हैं तो उन्हें इसी क्रम से हाथ में लें। पर छुरी-काँटे से खाने की आदत न हो तो क्षमा माँगकर चम्मच से खाएँ। गलत प्रयोग करने से यह बेहतर रहेगा। पर अकसर ऐसी पार्टियों में जाना होता हो तो ये सारे तौर-तरीके सीख लेने चाहिए कि समय पर दूसरों की ओर न देखना पड़े।
- बड़ी पार्टियों के 'बुफे सिस्टम' में आजकल कैसे भी खाने की छूट है, पर पंक्ति में लगकर अपनी बारी का ध्यान रखें। आगे फलाँगकर जाना, एक ही बार में प्लेट में सारी चीजें भर लेना, फिर जूठन छोड़ना असभ्यता का प्रदर्शन करना है। वहाँ भी लोग देख रहे होते हैं, कम-से-कम अपने साथ के लोग, जिनके साथ ग्रुप बनाकर ही प्राय: खाने का आनंद लिया जाता है। प्लेट में भोजन लेते समय अगर एक ही बार में सब, नापसंद चीजें भी भर लेना गलत है, तो पंक्ति के बीच बार-बार जाकर एक-एक चीज उठाना भी उतना ही गलत होगा। दूसरों को बेवजह बार-बार 'डिस्टर्ब' करना उचित नहीं। यह तो खास ध्यान रखें कि पार्टी में आए मेहमानों के कीमती कपड़े भोजन गिराकर खराब न किए जाएँ। भीड़ में जबरदस्ती घुसने या पंक्ति तोड़ने से ही अकसर ऐसा होता है। इसलिए 'बुफे' में भी 'मैनर्स' का कुछ तो ध्यान रखना ही होगा।
- पार्टियों में अकसर देर हो ही जाती है, इसलिए जल्दी जाना हो तो क्षमा माँगकर पहले चले जाएँ या खाना खाकर ही जाएँ। देर हो रही है, यह जताकर, बिना खाए जाने की बात कहकर मेजमान का अपमान न करें। पार्टी-मैनर्स में ऐसी बातों का ध्यान रखकर चलना जरूरी समझा जाना चाहिए कि खुशी के अवसर पर बदमजगी न पैदा हो।

शिष्टाचार संबंधी ऐसी और भी बहुत सी बातें हैं, जिन्हें गिनाना यहाँ संभव नहीं। कोशिश करनी चाहिए कि इन्हें दूर से देखकर, अपनों से पूछकर, अभ्यास से आदत डालकर अपने व्यक्तित्व का अंग बनाएँ, जिससे कि आपका व्यक्तित्व प्रशंसनीय, व लोकप्रिय बने। एक बात हमेशा याद रहे, आकर्षण 'ग्लैमर' या 'अमीरी' में नहीं, सौम्य व्यक्तित्व व शिष्ट व्यवहार में ही है।

इस सबके साथ, कुछ कलाओं या हॉबियों में रुचि लेकर और सामान्य

अध्ययन की आदत डालकर बौद्धिक प्रखरता भी यदि अर्जित कर ली जाए तो आप जिंदगी के किसी मोड़ पर ठगी नहीं जाएँगी। हमेशा गर्व से, अहं से नहीं, सिर ऊँचा करके चल सकेंगी।···बस, आज इतना ही। अपनी प्रतिक्रिया लिखना, अपनी सहेलियों की भी।

—तुम्हारी माँ

□

इसे बीमारी समझना भूल है

सुनो सुगंधा,

तुम्हारा पत्र पाकर बेहद खुशी हुई। बेहद इसलिए कि मेरी अपेक्षानुसार तुमने संकोच छोड़ मासिकधर्म संबंधी अपनी सारी चिंताएँ और भ्रांतियाँ खोलकर मेरे सामने रख दी हैं। शायद इनमें से कुछ चिंताएँ-शंकाएँ तुम्हारे मन में पहले भी थीं, पर झिझकवश तुम मुझसे आमने-सामने पूछ नहीं सकीं। वही बातें पत्र में लिखकर पूछना तुम्हारे लिए आसान हो गया, है न?

तो सुनो, पहली बात तो यह कि मासिकधर्म न कोई बीमारी है, न छिपाने-शरमाने जैसी कोई बात। न ही इसे लेकर लड़कियों को अपने में कोई हीन भावना पालनी चाहिए, न ग्लानि अनुभव करनी चाहिए। बचपन से युवावस्था तक शरीर निरंतर विकासशील रहता है और मन तो हमेशा ही। पर किशोरावस्था से तरुणाई में प्रवेश का यह वय:संधिकाल विशेष संवेदनशील होता है।

क्यों भला?

इसलिए कि इस परिवर्तन-काल में एक ओर बाहरी शारीरिक लक्षण प्रकट होते हैं—स्तनों का उभार, यौनांगों पर बाल, मासिक-स्राव। दूसरी ओर तेजी से होनेवाले भीतरी हारमोनल परिवर्तन से इसका असर लड़कियों के मन पर भी पड़ता है। अकारण चिंता, घबराहट, नर्वसनेस के कारण पसीना आना। कभी उखड़ा मूड, कभी सुस्ती, तो कभी अतिरिक्त उत्साह आदि लक्षण इसीलिए प्रकट होते हैं।

फिर जैसे ही शरीर का विकास पूरा हो जाता है, यह हारमोनल गड़बड़ी भी अपने आप समाप्त हो जाती है और लड़की अपनी स्त्री बनने की प्रक्रिया को भी तब तक मन से स्वीकार कर चुकी होती है। इसलिए मासिकधर्म की प्रारंभिक अनियमितताएँ (कम-ज्यादा समय पर होना या कम-ज्यादा रक्तस्राव होना) भी समाप्त हो जाती हैं और पूर्ण स्त्री बनकर लड़की का मन भी स्थिर हो जाता है।

प्रकृति की यह प्रक्रिया समझ लेने के बाद अब तुम्हारी चिंताएँ स्वयं ही मिट जानी चाहिए। फिर भी कहती हूँ, अगर मासिकधर्म अभी ठीक समय पर नहीं होता तो इसकी कतई चिंता मत करो, क्योंकि चिंता छोड़ देने से यह गड़बड़ी अगले डेढ़-दो साल में अपने आप ठीक हो जाएगी, जबकि चिंता के कारण हारमोनल असंतुलन बढ़ने से यह अधिक समय ले सकती है।

मासिकधर्म शुरू होने के प्रारंभिक दो-तीन साल तक यह अनियमितता किसी खराबी का लक्षण नहीं, स्वाभाविक है। (प्रौढ़ावस्था में जाकर जब मासिकधर्म बंद होने को आता है, तब भी कुछ साल ऐसी अनियमितता होती है।) इसलिए चिंता की कोई बात नहीं। बस मस्त रहो, व्यस्त रहो और प्रकृति को अपना काम करने दो। शरीर का विकास पूरा होते ही सब ठीक हो जाएगा।

फिर भी तुम्हारे कुछ प्रश्न निरर्थक नहीं। हर किशोरी के मन में ऐसी शंकाएँ उठा करती हैं—'फलाँ लड़की को बारह साल की उम्र में ही मासिक शुरू क्यों हो गया, मुझे चौदहवें में भी क्यों नहीं?' 'फलाँ लड़की को तो हर माह नियमित होता है, मुझे क्यों नहीं?' 'फलाँ को तो उन दिनों कोई पीड़ा नहीं होती, मुझे क्यों होती है?' आदि। इस अवधि को खेल-कूद में बाधक, परेशानीवाली, शर्मनाक घटना समझकर तो प्रायः हर लड़की ग्लानि और हीन भावना से भरी रहती है।

ऐसा उचित यौन-शिक्षा के अभाव में ही होता है या वक्त पर कहीं से ठीक सलाह न मिलने पर, वरना तो यह प्रक्रिया किसी भी लड़की को प्रकृति की ओर से मातृत्व का वरदान है। पहला मासिकधर्म यानी 'नारीत्व का पहला संकेत'। मासिक-स्राव को मासिकधर्म इसीलिए तो कहते हैं कि यह स्त्री-शरीर का प्राकृतिक धर्म है। इसमें गड़बड़ी या खराबी का मतलब है, स्त्री-स्वास्थ्य में कोई खराबी या स्त्री-शरीर में कोई कमी।

पर किसी लड़की को जल्दी, किसी को देर से मासिक शुरू होना किसी को कम, किसी को ज्यादा खून गिरना, किसी को नियमित, किसी को कम-ज्यादा अवधि से आना...ये सारी गड़बड़ियाँ शुरू के कुछ सालों में स्वाभाविक हैं। मासिक १२-१३ से १६-१७ साल की उम्र तक कभी भी शुरू हो सकता है। इसमें चिंता की कोई बात नहीं।

इसी तरह शुरू के दो-तीन साल स्राव निश्चित दिनों में हो या कुछ समय छोड़-छोड़कर, यह भी कोई खराबी नहीं। मामूली पीड़ा की भी चिंता नहीं करनी चाहिए।

बस, इस अवधि में तली-भुनी, गरिष्ठ व खट्टी चीजों से, गरमी में अधिक

ठंडे और सर्दी में अधिक गरम पानी से परहेज करना चाहिए। स्राव अधिक हो तो चाय आदि गरम चीजों से भी। भारी वजन उठाने और तेज दौड़ने-भागनेवाले खेल-कूद से भी।

पर नहाएँ जरूर और स्वच्छता का पूरा ध्यान रखें। हलका पौष्टिक भोजन लें और एकदम आराम न कर, दैनिक हलका काम-काज करती रहें। सबसे बड़ी बात, चिंता-ग्लानि छोड़, इसे सहज मन से स्वीकारें, कहीं कोई कष्ट नहीं होगा, न कोई खराबी पैदा होगी। यह दो-चार दिन का समय लड़की हँसी-खुशी से बिता ले तो उसका शरीर स्वस्थ व सारा जीवन सुखी-संतुष्ट रहेगा।

हाँ, १७-१८ साल की उम्र तक मासिक शुरू न हो या मासिक के समय असह्य पीड़ा हो तो लेडी डॉक्टर से सलाह व चिकित्सा जरूर लेनी चाहिए। इस मामले में शर्म-संकोच से काम नहीं चलेगा। शरीर में कोई कमी, खराबी या बीमारी है तो समय पर उसका इलाज होना ही चाहिए कि आगे चलकर कोई परेशानी खड़ी न हो।

आशा है, अब तो तुम्हारी सारी चिंताओं और शंकाओं का निवारण हो जाएगा। फिर भी कुछ पूछना हो तो निस्संकोच लिखना। यह कोई बीमारी नहीं है, अनावश्यक चिंता पालकर इसे समस्या भी नहीं बनाना है तुम्हें, समझ गई न ?

—तुम्हारी माँ

□

बेहद जरूरी हो गई है यौन-शिक्षा

सुनो सुगंधा,

अभी तुम्हारी सहेली रचना की बात पूरी तरह सुलझी भी नहीं थी कि तुमने और सूचनाएँ दीं कि किस तरह आए दिन वार्डन कभी हॉस्टल के भीतर दो लड़कियों को आपस में अश्लील हरकतें करते पकड़ती है, तो कभी बहाने से (अकसर लोकल गार्जियन के बहाने) बाहर जाकर हॉस्टल के आस-पास घूमते लड़कों के साथ इधर-उधर झाड़ियों आदि में छुपकर बैठी लड़कियों को प्रेम-लीलाओं में लिप्त।

इन लड़कियों को तरह-तरह की सजाएँ भी मिलती हैं। मामला गंभीर होने पर उनके घर पत्र भी लिखे जाते हैं। एक-दो बार की चेतावनी पर न सँभलें तो उन्हें कॉलेज व हॉस्टल से निकाल देने का प्रावधान है। ऐसी दो लड़कियों को पिछले दिनों निकाला भी गया, पर सिलसिला फिर भी पूरी तरह थमा नहीं।

एकदम थमेगा भी नहीं। तुम्हें इसपर आश्चर्य हुआ, मुझे नहीं, क्योंकि पाठकीय समस्या-पत्रों की स्तंभ-लेखिका के नाते मैं यह सब जानती हूँ। वर्तमान माहौल ही ऐसा है कि बिना घर से मिले अच्छे संस्कार के, आम किशोरियों का इस मायाजाल से बचकर निकलना कठिन होता है।

इसीलिए माँ-बेटी के बीच जिस चर्चा से अकसर बचा जाता है, मैं वह संकोच छोड़ तुमसे सहेलीवत् बात करना चाहती हूँ कि तुम बाहर से अधकचरी जानकारी लेने के बजाय, सही जगह से सही सूचनाएँ पा सको। यह मेरा ही नहीं, किसी भी सुलझे मन की माँ का कर्तव्य है कि वह अपनी नासमझ उम्र की किशोरी बेटी को इस जानकारी से परिपूर्ण करे। फिर उसे न बेटी को कदम-कदम पर आगाह करने की जरूरत रहेगी, न उसे लेकर अनावश्यक चिंता-तनाव पालने की ही।

सही समय पर यौन-शिक्षा घर-बाहर, कहीं से न मिलने पर रचना का हश्र

तुम देख ही चुकी हो। अब इन ताजा अध्ययनों की रिपोर्ट भी सुनो—

मुंबई की एक संस्था ने १५ स्कूलों की ४३० छात्राओं पर एक सर्वेक्षण कराया तो पाया कि ७५ प्रतिशत लड़कियों के एक से अधिक दोस्त थे और १५ वर्ष से कम उम्र की १३ प्रतिशत छात्राएँ सेक्स का अनुभव ले चुकी थीं।

चंडीगढ़ के एक अध्ययन में १४ से १६ वर्ष के बीच आयु के १०० किशोर-किशोरियों में से ३८ किशोर और २७ किशोरियाँ सेक्स संबंध के प्रयोग कर चुके थे। इनमें से १० यौन-रोगी भी पाए गए।

भारतीय आयुर्विज्ञान परिषद् ने पाँच हजार कम आयु के किशोरों पर अनुसंधान कराया था। मुख्य अनुसंधानकर्ता डॉ. एम.सी. वत्स के अनुसार, 'हमारे यहाँ भी अब बच्चे बहुत कम उम्र में सेक्स प्रयोग करने लगे हैं।' उन्होंने इसपर अपनी चिंता प्रकट करते हुए कारगर उपाय करने पर बल दिया।

संयुक्त राष्ट्र जनसंख्या कोष द्वारा जारी किए गए एक दस्तावेज के अनुसार भी, भारत में किए गए आठ स्वतंत्र अध्ययनों में १६ वर्ष से कम आयु के बच्चों में १० प्रतिशत बच्चे सेक्स का अनुभव ले चुके थे।

अलग-अलग क्षेत्रों में कराए गए इन सर्वेक्षणों के आँकड़े परस्पर मेल नहीं खाते। लेकिन कमोबेश एक सच्चाई तो उनमें समान रूप से सामने आती है कि स्थिति गंभीर है और इसे सँभाला जाना चाहिए।

आँकड़े कभी शत प्रतिशत सच नहीं होते। तब तो और भी नहीं, जब ये सर्वेक्षण प्राय: उच्च वर्ग या उच्च-मध्य वर्ग के उच्च स्तर के स्कूलों में पढ़नेवाले शहरी किशोरों पर ही कराए जाते हों। यह आम भारतीय किशोरों की सच्ची तसवीर नहीं हो सकती, क्योंकि हमारे परंपरागत निम्न-मध्य वर्ग और रूढ़िवादी ग्रामीण समाज में स्थिति अभी इतनी नहीं बिगड़ी है कि सरकार, समाज और परिवार मिलकर उसे सँभाल न सकें।

पर **कितनी माताएँ हैं, जो निस्संकोच अपनी किशोरी बेटियों को और कितने पिता हैं जो इसी तरह अपने किशोर बेटों को विश्वास में लेकर उन्हें यौन-शिक्षा दे पाएँगे ? इसीलिए हाई स्कूलों और कॉलेजों में विशेषज्ञों द्वारा लड़के-लड़कियों को सही ढंग से यौन-शिक्षा दिलाए जाने की सिफारिश की जाती है।** पाश्चात्य संस्कृति के साए में पलते उच्चवर्गीय परिवारों में न तो व्यस्त माता-पिता के पास इसके लिए समय है कि वे यौन-शिक्षा तो अलग, अपने बड़े होते बच्चों से सामान्य बातचीत करने तक की फुरसत निकाल सकें, न ही उनके लिए यौन वर्जनाएँ या नैतिक मूल्य ही कोई महत्त्व रखते हैं। इसीलिए आज बेहद

जरूरी हो गया है, शिक्षालयों में विशेषज्ञों द्वारा यौन-शिक्षा दिलाना कि किशोर प्राप्त जानकारी का, प्रयोग के नाम पर, दुरुपयोग न करें।

अगर तुम्हारे कॉलेज में ऐसी कोई महिला विशेषज्ञ नहीं आती है तो तुम कुछ समझदार लड़कियाँ मिलकर अपनी प्राचार्या से इसकी माँग कर सकती हो। विशेष रूप से तब तो वह यह माँग अवश्य सुनेंगी, जब हॉस्टल में किसी लड़की को लेकर कोई नई घटना घटी हो। इससे सभी लड़कियों को लाभ होगा और वे अनजाने में कोई गलत कदम उठाने से बच जाएँगी।

टेलीविजन के व्यापक प्रसार के बाद अब तो गाँवों-कसबों तक भी बच्चे उम्र से पहले परिपक्व हो रहे हैं। उन्हें इस जानकारी को प्राप्त करने से रोका नहीं जा सकता। महँगाई में माता-पिता दोनों के कामकाजी होने से बच्चों को घर में अकेले रहने और टी.वी. के आगे अधिक समय बैठने का अवसर मिल जाता है। इसलिए छोटे बच्चे भी आज बहुत कुछ समय से पूर्व जान लेते हैं।

फिर किशोरावस्था तो एक ऐसी भावुक उम्र है, जिसमें अपने भीतर के हारमोनल बदलावों के रहस्यमय प्रभाव से यह उम्र अधिकतर हर समय सपनों की ऊँची उड़ानें भरती रहती है। सपनों, जिज्ञासाओं और ऊर्जा से भरी यह उम्र एक साथ बहुत-कुछ समझना चाहती है, बहुत-कुछ करना चाहती है। इस चाहत में कोई अपने जैसा हमउम्र संगी-साथी आ मिले तो उसके सपनों को और पंख लग जाते हैं और पंख लगते ही धरती से उसके पैर उखड़ने लगते हैं। किसी भी सच्चे-झूठे हमदर्द के साथ वह सही-गलत राह पर चलने को तैयार हो जाती है।

आगे राह सीधी है या फिसलन भरी? यह देखने की अभी समझ ही कहाँ विकसित हुई होती है! यहीं, बस यहीं, उसे जरूरत होती है, घर-परिवार से स्नेह-संरक्षण भरे सही दिशा-निर्देश की अथवा घर से बाहर किसी विशेषज्ञ से सही परामर्श की।

इस उम्र में यौन-शिक्षा इसीलिए सही माध्यम से मिलनी चाहिए कि लड़के-लड़कियाँ केवल जिज्ञासा समाधान के लिए प्रयोग न करते रहें और सुरक्षित सेक्स के साधनों की जानकारी के बिना संकट में न फँसते रहें। सही जानकारी के अभाव में ही इस कच्ची उम्र में भी यौन-रोगों के चिंताजनक आँकड़े सामने आ रहे हैं। डॉ. राम मनोहर लोहिया अस्पताल की वरिष्ठ मन:चिकित्सक व विभागाध्यक्ष मनोचिकित्सा डॉ. नीना बोहरा बताती हैं कि कम उम्र के यौन संबंध क्षणिक सुख देकर लंबे समय के लिए उन्हें खौफ, आत्महीनता और पारिवारिक-सामाजिक मर्यादा-भंग के अपराध-बोध से पीड़ित कर देते हैं।

किशोर पाठकों के समस्या-पत्रों के माध्यम से मेरा अपना अनुभव भी यही कहता है कि सही निर्देशन द्वारा नासमझ उम्र के बच्चों को इस भय और अपराध बोध से बचाया जाना चाहिए। मन:चिकित्सक अब इस बात पर एक मत हैं कि आज किशोरों को केवल यौन जानकारी देना यौन-शिक्षा नहीं कहलाएगी। यह जानकारी तो उन्हें विभिन्न स्त्रोतों से जरूरत से ज्यादा मिल रही है। जरूरत है, उनके चेहरों पर लिखी जिज्ञासाओं के सही समाधान की, उनके प्रश्नों के उन्हें सही उत्तर देने की, भटके या भटक जाने की संभावना लिये कदमों को भटकने से बचाकर सही राह पर डालने की।

अकसर सही जानकारी के अभाव में कच्ची उम्र के किशोर-किशोरियाँ अंदर-ही-अंदर घुलते रहते हैं। अपनी बात किसी से खुलकर नहीं कह पाते, नहीं पूछ पाते। तो कुछ हताशा या 'डिप्रेशन' के शिकार हो जाते हैं। कुछ विद्रोही व उद्दंड हो जाते हैं। अधिकतर अपनी पढ़ाई में पिछड़ जाते हैं तो कुछ पढ़ाई से उखड़ ही जाते हैं और कई बार घर से भाग तक जाते हैं। कुछ मामलों में आत्महत्या तक कर बैठते हैं।

पर **सर्वाधिक दुर्गति होती है, कच्ची उम्र की नासमझ किशोरियों की, जिनके भटके कदम की भनक मिलते ही गुंडे किस्म के लड़के उन्हें गलत मार्ग पर डालकर उनका अनुचित लाभ उठाते हैं। लड़के ही क्यों, कोठों के दलाल तक उन्हें खोजकर, बहकाकर कोठों पर बेच आते हैं। बाल वेश्यावृत्ति के बढ़ते आँकड़े पिछले कुछ समय से सामाजिक कार्यकर्ताओं की बेहद चिंता का विषय बने हुए हैं।**

पर्यटन स्थलों पर इन बाल-वेश्याओं की बढ़ती माँग के कारण यह धंधा अब छोटी-छोटी बच्चियों को भी इस नरक में ढकेल रहा है। राष्ट्रीय महिला आयोग ने इस विषय की छानबीन कर, इसकी रोकथाम के लिए कई कदम उठाए हैं। फिर भी अपेक्षित सफलता नहीं मिल पाई है।

जब घरों के भीतर भी निर्दोष छोटी बच्चियाँ अपराधी किस्म के रिश्तेदारों द्वारा हवस की शिकार बनाई जा रही हों तो जरा सी भटकी किशोरी का कौन रक्षक? अब ये किशोरियाँ अपनी रक्षा के लिए क्या करें? घर में या घर के बाहर किसी हादसे की शिकार बनाई जाने पर उन्हें किस तरह साहस व सूझ-बूझ से काम लेना चाहिए। राह चलते छेड़खानी से बचने के लिए अथवा अकेली बाहर निकलने पर वे क्या सावधानियाँ बरतें? इसपर अगले पत्र में फिर कभी लिखूँगी। आज का मेरा यह पत्र तो सही समय पर, सही माध्यम से, सही ढंग की यौन-शिक्षा पर ही केंद्रित रहा।

अल्हड़ उम्र के लिए यह विषय मैंने बहुत जरूरी समझा। इसलिए बिना विराम लिये, एक साथ इतना कह गई। संकोच न भी रहा हो, तब भी ऐसे नाजुक विषय पर लिखते समय शायद यह प्रक्रिया अपनानी जरूरी थी। बीच-बीच में रुककर तुमसे पूछते चलने में तुम्हारे लिए उत्तर दे पाना कठिन होता, शायद इसीलिए। आखिर तुम भी अभी परिपक्व कहाँ हुई हो! समझने की कोशिश करो, अभी इतना काफी है।

मुझे विश्वास है, अनुपयोगी छोड़कर, अपने काम की बातें तुमने जरूर ग्रहण कर ली होंगी। इनका महत्त्व तुम्हें वक्त जरूरत पर अवश्य समझ में आएगा। हो सकता है, यह संबल तुम्हें जिंदगी भर अंदर से ताकत देता रहे और मेरा मनोरथ सिद्ध हो जाए। बस, आज इतना ही। शेष अगले पत्र में। अपने समाचार देना।

—तुम्हारी माँ

□

ऐसे मामले में जरा भी देरी ठीक नहीं

सुनो सुगंधा,

यह अच्छा किया तुमने कि शेष बातें छोड़कर फिर रचना की यह गंभीर समस्या उठा दी। 'सीरियस' शब्द का उपयुक्त हिंदी पर्याय तुम्हें नहीं सूझा, कोई बात नहीं। वैसे इसका मतलब गंभीर ही होता है। सचमुच, यह समस्या गंभीर है। गंभीर ही नहीं, तुरंत ध्यान देने योग्य यानी 'अर्जेंट' मामला भी। यदि रचना समय पर इसे छिपा जाती, तुम्हें न बताती और तुम इसे 'सीरियस' समझकर तुरंत मुझे न लिखतीं तो सचमुच देर हो जाती। देरी के कारण फिर कई नई समस्याएँ उठ खड़ी होतीं।

रचना तो नासमझ निकली, पर सुगंधा तुमने बहुत समझदारी दिखाई है। शाबाश बेटी! इसी तरह बेहिचक लिखकर पूछती रहोगी तो तुम्हारी सहेली रचना जैसी न जाने कितनी लड़कियों का भला होगा। अपने आस-पास के इन अनुभवों से, सही समय पर सही सलाह से तुम भी बहुत कुछ सीखोगी। समझदार और जिम्मेदार बनोगी।

मानसिक परिपक्वता इसी तरह आती है। भविष्य-निर्माण की राहें भी ऐसे ही खुलती हैं। सही सोच और व्यावहारिक समझदारी से ही तो फिर व्यक्तित्व निखरता है। ऊपरी साज-सँवार तो गौण है। वह तो बेवकूफ लड़कियाँ भी प्राय: कर लेती हैं।

हाँ, तो रचना की बेवकूफी के इस परिणाम को उसे सजा के रूप में झेलना है। और तुम्हें एक विश्वस्त अंतरंग सहेली के नाते उसके इस रहस्य को गुप्त रखकर इसका उपाय उसे सुझाना है। यही नहीं, इससे मुक्ति के लिए उसकी मदद भी करनी है।

पिछले एक पत्र में तुमने लिखा था कि 'प्रेमी' से छूटकर अब रचना ने

अपने घर से नाता अधिक जोड़ लिया है और वह जल्दी-जल्दी घर पत्र भी लिखने लगी है। यह अच्छी बात है। इस समय उसके घर पर ही उसकी मुक्ति का उपाय संभव है।

जो कथित प्रेमी उसे यूँ मझधार में, तपती रेत पर तड़पता छोड़ अलग हट गया है, वह उसकी क्या मदद करेगा? उलटे पता चलने पर स्वयं कन्नी काट, उसे कॉलेज में, हॉस्टल में बदनाम कर सकता है।

अन्य सहपाठियों को यह पता चलने पर भी कि तुम इस मामले में उसकी मदद कर रही हो, अकारण बदनामी के कुछ छींटे तुम तक भी आ सकते हैं। इसलिए सूझ-बूझ से काम लेना होगा। खूब सोच-समझकर चलना होगा। किसी को भनक पड़ने पर बात प्रिंसिपल तक गई तो रचना कॉलेज से निकाली जा सकती है। उसका भविष्य अंधकारमय हो सकता है।

रचना को समझाओ कि वह छुट्टी लेकर शीघ्र घर चली जाए। उसमें यह साहस भरो कि इस समय केवल यही सुरक्षित उपाय है कि वह जाकर माँ से सच बताकर, अपनी गलती की क्षमा माँग ले। माँ कोसेंगी, डाँटेंगी, उसकी पिटाई भी कर सकती हैं; पर बेटी की गलती पर परदा डाल, उसकी सुरक्षा का उपाय भी वही करेंगी, दूसरा कोई नहीं करेगा। दूसरे लोग तो चटखारे ले-लेकर इसकी चर्चा करेंगे और बदनाम होकर रचना कहीं की नहीं रहेगी।

आखिर रचना ने गलत काम किया है तो इतनी सजा भुगतने के लिए भी उसे तैयार रहना होगा। इस समय माँ की डाँट-फटकार सहने का साहस नहीं दिखाएगी तो उसके लिए मुक्ति का द्वार भी नहीं खुलेगा। माएँ तो अकसर अपने पति तक से बात छिपा लेती हैं और चुपचाप गर्भपात करवाकर लड़की का भविष्य बचा लिया करती हैं।

रचना को यह भी बताओ कि जो हो गया, सो हो गया। अब दु:ख-ग्लानि या शर्म-झिझक में वह जरा भी समय न गँवाए। गर्भ के तीन माह पूरे होने से पहले ही जल्दी-से-जल्दी उसे गर्भपात करवा लेना है, वरना बाद में समस्या और गंभीर हो सकती है।

हाँ, तुम्हारे दूसरे प्रश्न का उत्तर यह है कि रचना जब तक १८ साल से ऊपर या बालिग न हो जाए, वह अकेली या तुम्हारे साथ भी जाकर, लेडी डॉक्टर से गर्भपात नहीं करवा सकती; क्योंकि तुम भी अभी बालिग नहीं हो। फिर उसकी अभिभावक भी नहीं हो सकती तुम। घर के किसी अभिभावक के हस्ताक्षर बिना, किसी भी अस्पताल में, कोई भी लेडी डॉक्टर इस केस को हाथ नहीं लगाएगी।

किसी प्राइवेट क्लीनिक की कोई लेडी डॉक्टर केस ले सकती है, पर चोरी-छिपे के इस गैर-कानूनी मामले में वह भारी फीस माँगेगी, जो रचना के पास नहीं होगी। फिर अगर कोई गडबड़ी हो जाए तो वह लेडी डॉक्टर उसकी जिम्मेदारी भी नहीं लेगी, क्योंकि एक नाबालिग लड़की का कानून विरुद्ध यह केस उसके रिकॉर्ड में दर्ज ही नहीं होगा।

तो रचना को जानना चाहिए कि उसके अकेले या तुम्हारे साथ जाने से बात नहीं बन सकती। उसे अपने घर, अपनी माँ की शरण में ही जाना होगा। वही उसकी गर्भमुक्ति का सही ढंग से उपाय कर सकेंगी, उसके स्वास्थ्य व भविष्य का बचाव भी। यह पत्र उसे जरूर पढ़वा देना, जिससे कि उसमें हिम्मत आ जाए।

यह भी ध्यान रखना कि चिंता-घबराहट में रचना कोई गलत कदम न उठा ले। यह उसके कैरियर व भविष्य का सवाल है, इसलिए उसे धीरज से, हिम्मत से काम लेना होगा। संकट की इस घड़ी में तुम उसे हिम्मत बँधाओ और उसे घर जाने के लिए राजी करो। वर्तमान संकट से उसे उसकी माँ ही उबार सकती है। किसी बहाने जल्दी हफ्ते-दस दिन की छुट्टी लेकर वह घर जाए और निबटकर लौट आए। यही एकमात्र उपाय है।

हाँ, यह घटना दु:खद होकर भी उसके आगामी जीवन के लिए एक सबक होगी कि भावुकता और जल्दबाजी में उठाए गए किसी भी गलत कदम का अंजाम बुरा ही होता है।···कि लड़कों से दोस्ती करते समय एक लड़की को हमेशा फूँक-फूँककर कदम रखना चाहिए, ताकि न दोस्ती का नाम बदनाम हो, न माँ-बाप का और न लड़की का भविष्य ही दाँव पर लगे।···कि सामाजिक नियम हमेशा बंधन ही नहीं होते, वे लड़कियों की सुरक्षा की गारंटी भी होते हैं।···कि एक बार किसी लड़की की फिसलन की बात लोगों को पता चल जाए तो हर कोई उसे 'सस्ती चीज' समझने लगता है और उसके शोषण का खतरा बढ़ जाता है।···कि ऐसी गलतियों से लड़की के भावी दांपत्य जीवन में भी दरार पड़ सकती है।

बस, आज इतना ही। रचना की अगली सूचनाएँ देना और अपना खयाल रखना। पढ़ाई कैसी चल रही है?

—तुम्हारी माँ

□

भविष्य का भरोसा, भय का भूत नहीं

सुनो सुगंधा,

इस बार तुम्हारा पत्र कुछ देर से मिला। कोई बात नहीं। मैं जानती हूँ, तुम परीक्षा की तैयारी में जुटी हो। इन दिनों की यह व्यस्तता स्वाभाविक है। जमकर पढ़ना अच्छी बात है, पर परीक्षा से भय क्यों ?

परीक्षा एक ऐसा शब्द है कि अकसर छात्र-छात्राएँ इस नाम से भय खाते हैं। भय का यह भूत तुम लोगों के सिर पर इस कदर चढ़कर बैठ जाता है कि न ठीक से सो पाते हो, न ठीक से खा पाते हो।

परीक्षा की चिंता तो ठीक, पर जब यह अनावश्यक चिंता हर समय के तनाव या दुश्चिंता में बदलने लगती है तो इससे लाभ की बजाय हानि ही होती है। घबराहट या बदहवासी में पढ़ा-पढ़ाया सब भूलने लगता है और दोष दिया जाता है अपनी याददाश्त को या अपनी किस्मत को।

हाँ, तुमने वह साँईं बाबावाला लॉकेट भी मँगवाया है। जैसा कि तुमने लिखा है, दीपिका अगर मुझसे मिलकर गई तो जरूर भेज दूँगी। पर तुम्हारी यह फरमाइश मुझे इन्हीं दिनों क्यों मिली ? इसपर मुझे थोड़ी उलझन भी हुई, हँसी भी आई। **न साँईं बाबा में श्रद्धा रखना गलत है, न उनकी तसवीरवाला लॉकेट पहनना और मंदिर में पूजा-पाठ करना तो कतई गलत नहीं। गलत है, परीक्षा की नैया पार लगाने के लिए इन दिनों ऐसे सहारे खोजना।**

ये प्रतीक सिर्फ बहाने हैं, तुम लोगों के लिए कि देखो, हमने तो यह-यह किया, फिर भी न साँईं बाबा ने सुनी, न भगवान् ने।

नहीं सुगंधा, मैं तुम्हें इनके पीछे भटकने नहीं देना चाहती। मैं चाहती हूँ, तुम पूरे मनोयोग से पहले पढ़ाई करो, यह सब उसके बाद या केवल मन में आस्था और सहजता बनाए रखने के लिए, पर परीक्षा पास करने के लिए अपने इष्ट-प्रतीक या

भगवान् को रिश्वत के रूप में क्यों?

मैं जानती हूँ, परीक्षा के इन दिनों मन्नत-मनौती, पूजा-पाठ, तांत्रिक-ज्योतिषी में तुम छात्र-छात्राओं का इस कदर विश्वास क्यों बढ़ जाता है? इसलिए ही न कि कम तैयारी करने की मन की कमजोरी दब जाए और कहीं से कोई आशीर्वाद प्राप्त हो जाए व सफलता हाथ लग जाए।

मन की ताकत के लिए सुबह-शाम की पूजा-प्रार्थना तो ठीक, पर इन दिनों अधिक भाग्यवाद या अंधविश्वास में भटकना तुम्हारे लिए कदापि ठीक नहीं होगा। इससे तुम्हारा ध्यान भंग होगा और आत्मविश्वास में कमी आएगी। परीक्षा-तैयारी के लिए इस समय तुम्हें एकाग्रता की और आत्मविश्वास की ही सबसे पहले जरूरत है।

मैं यह नहीं कहूँगी कि साल भर तुम मस्ती मारती रहीं, अब एकाएक पढ़ाई की चिंता से क्या होगा? नहीं सुगंधा, साल भर लगकर न सही, कम-ज्यादा पढ़ाई तो तुम नियमित करती ही रही हो। फिर भी परीक्षा तो परीक्षा है—वह भी कड़ी प्रतियोगिता के युग में? इन दिनों एकाग्रचित्त से पढ़ा ही तुम्हारे काम आएगा। जरा सी लापरवाही, लक्ष्य से जरा सी भटकन, जरा सी गलती तुम्हें महँगी पड़ सकती है।

आजकल यही तुम्हारी एकमात्र चिंता होगी। ठीक है। पर जरूरी है कि इस समय तुम्हारी चिंता का नहीं, चिंतन का एकमात्र केंद्र-बिंदु परीक्षा की तैयारी हो। लेकिन सही समय पर उठे सही कदम में भी एक गलती तुमसे हो सकती है। वह गलती होगी, परीक्षा को भूत बनाकर उससे भय खाना। परीक्षा की चिंता को अनावश्यक रूप से सिर पर लादकर तनाव से घिर जाना और करा-कराया सब गड़बड़ कर लेना।

नहीं सुगंधा, ऐसे नहीं चलेगा। मैं तुम्हें इसी भय से बचाकर, इसी चिंता घबराहट से बाहर निकालकर, सहज-स्वस्थ मन से परीक्षा के लिए तैयार करना चाहती हूँ। तो आओ, अब यही बात करें—

- परीक्षा के दिनों अपने काम से काम रखना। 'न काहू से दोस्ती, न काहू से वैर' वाले सिद्धांत पर चलकर मन को निश्चिंत रखना।
- बेकार की बातों से—क्रोध, द्वेष आदि से बचना और ठीक रोशनी में, शांत वातावरण में दत्तचित्त होकर पढ़ाई करना।
- अपने खानपान का, सैर-व्यायाम का, विश्राम-मनोरंजन का भी साथ-साथ ध्यान रखना कि पढ़ाई दिमाग का बोझ न बन जाए।

- भोजन में दूध, हरी सब्जी, सलाद, ताजे फल अधिक लेना और गरिष्ठ, तले पदार्थ, चाट-पकौड़ी कम-से-कम खाना, जिससे पढ़ाई के दिनों न आलस आए, न बीमार पड़ो।
- परीक्षा की तैयारी का मतलब हर समय तोते की तरह रटते रहना भी नहीं होना चाहिए। सारे सत्र की पढ़ाई में नोट्स तो तुमने तैयार किए ही होंगे?
- ···मेरा मतलब अपने नोट्स, सहेलियों से लेकर उतारे हुए नोट्स नहीं। उनसे किसी तरह काम तो चला लिया जाता है, पर उनसे अपने दिमाग का, अपनी स्मृति का जुड़ाव नहीं हो पाता। हाँ, जिन पाठों के नोट्स किसी कारण समय पर न लिये जा सके हों, उनकी पूर्ति तो की ही जा सकती है। इन दिनों एकाग्र मन से वे सारे नोट्स जरूर देख लेना। पिछले वर्षों के प्रश्नपत्र भी कि उनसे मदद मिल सके।
- एकाग्रता के लिए कोई निश्चित समय नहीं बताया जा सकता। यह समय-चुनाव हर छात्र-छात्रा को अपने अनुभव, अपनी पढ़ने और याद रख पाने की आदत, क्षमता व अपनी सुविधा के अनुसार करना होता है।
- रात-रात भर जागकर पढ़ना, एक साथ घंटों-घंटों बैठकर निरंतर पढ़ते रहना भी ठीक नहीं। इससे परिणाम उलटा भी हो सकता है कि पहले ही इतनी मानसिक थकान से समय पर दिमाग कुंद पड़ जाए और वक्त पर सब गड़बड़ा जाए या तुम बीमार पड़ जाओ और किया-कराया सब धरा रह जाए। क्रमबद्ध, योजनाबद्ध काम करने से तो कठिन-से-कठिन काम भी सध जाता है, यह तो मामूली परीक्षा है। जिंदगी की बड़ी-बड़ी परीक्षाओं में से केवल एक छोटी सी परीक्षा।

इसलिए मुख्य बात घूम-फिरकर वहीं आती है कि **परीक्षा को हौवा नहीं बनाना है। यह भय का भूत नहीं, भविष्य का भरोसा है।** इन दिनों जितनी मात्रा में तुम तनावमुक्त व सहज रह सकोगी, अभी तक अर्जित किए गए अपने आत्मविश्वास को जितना कायम रख सकोगी, उतनी ही अधिक सफलता तुम्हारे हाथ लगेगी।

केवल परीक्षा में सफलता नहीं, अगली जिंदगी में सफलता भी, कि तनाव-मुक्ति, निर्भयता और आत्मविश्वास ही सफल जीवन की शर्त होती है। इनकी बुनियाद बचपन में पड़ती है तो किशोरावस्था में, विशेष रूप से परीक्षाओं के दिनों में पक्की होती है। मैं समझती हूँ, तुम्हारी यह बुनियाद पुख्ता है और तुम एक समझदार लड़की हो।

तो इन दिनों व्यर्थ के तनावों, चिंताओं, भ्रमों, अंधविश्वासों और मन्नत-

मनौतियों से बचकर, सहज आत्मविश्वास से, पूरे मनोयोग से परीक्षा की तैयारी करो, इसीलिए मैं यह सब लिख गई। इस सीख को अन्यथा न लेना और अब परीक्षा के बाद ही पत्र लिखना।

सफलता की ढेर सारी शुभ कामनाओं के साथ,

—तुम्हारी माँ

□

प्रतिद्वंद्विता नहीं, सहयोग

सुनो सुगंधा,

तुम्हारा पत्र मिला। जानकर खुशी हुई कि तुम्हारी परीक्षा निबट गई है और तुम्हारे परचे भी अच्छे हो गए हैं। यानी परीक्षा का भूत भाग जाने पर तुम अब तनावमुक्त व निश्चिंत हो गई हो। घर लौटने की तैयारी में तुम प्रफुल्लित हो, उत्साहित हो और व्यस्त भी; पर इस समय भी मस्त क्यों नहीं? बेकार की उलझनें पालकर नया तनाव क्यों मोल ले रही हो?

यह भी दोष तुम्हारा नहीं, शायद तुम्हारी उम्र का ही है। और है, आज के चारों ओर के माहौल का। फिर भी मैं इसे सहज नहीं, गंभीर मानकर चल रही हूँ, तो इसका कारण है। इसी अनुभवजन्य कारण को तुमसे बाँटना चाह रही हूँ कि तुम जान-समझकर न केवल इस नए तनाव से मुक्त हो सको, इसी में से भविष्य की राह भी निकाल सको।

तुमने लिखा है—'पिछले दिनों सभी छात्र-छात्राओं की परीक्षाओं में अति व्यस्तता के बावजूद, उनके व्यवहार की यह बात मुझे अखरी कि अपने-अपने नोट्स बाँटकर उनका लाभ लेने के बजाय, लगभग सभी सहपाठी उन्हें एक-दूसरे से छिपाने में लगे थे। परीक्षा में एक-दूसरे को पछाड़कर आगे निकलने की यह प्रतिस्पर्धा स्वाभाविक होने पर भी यह अंतरंग मित्रता में आड़े आई। विशेष रूप से, लड़कों का व्यवहार ज्यादा अखरनेवाला था कि कहीं लड़कियाँ उनसे बाजी न मार ले जाएँ।'

खत पढ़कर मुझे कुछ अटपटा नहीं लगा। आज सारा वातावरण ही प्रतिस्पर्धा का है। अखरनेवाली बात यही है कि स्वस्थ प्रतिस्पर्धा प्रतिद्वंद्विता का रूप ले रही है और उसके घातक परिणाम भी सामने आ रहे हैं, जिनका मैंने ऊपर जिक्र किया ही है। लड़के जानते हैं कि लड़कियाँ उनकी तरह केवल परीक्षा के दिनों में पढ़कर

साल भर मटरगश्ती नहीं करतीं। इसलिए घर के कामों की जिम्मेदारी निभाते हुए भी, अकसर लड़कों से बेहतर परिणाम दिखाती हैं। समाचार-पत्र इसके गवाह हैं।

अगले किसी पत्र में मैं तुम्हें इस विषय पर विस्तार से बताऊँगी कि ये जो रोज-रोज दहेज के कारण से हत्याएँ-आत्महत्याएँ दिखाई-बताई जा रही हैं, इनके पीछे दहेज ही नहीं होता, होता है तो उसका प्रतिशत बहुत कम होता है।

मैंने इन मामलों की गहरी छानबीन करने के लिए कई सर्वेक्षण किए थे, जो प्रसिद्ध पत्र-पत्रिकाओं में छपे भी थे कि इनके पीछे प्राय: वे ही घटनाएँ नहीं होतीं, जो दिखाई देती हैं। घटनाओं के पीछे छिपी अन्य घटनाएँ भी होती हैं, बल्कि वे ही अधिक होती हैं।

उनके घटने से पहले होता है तनाव। विवाह पूर्व व विवाहोत्तर अवैध संबंधों अथवा उन्हें लेकर मात्र संदेह या पति की असमर्थता अथवा कामकाजी स्त्रियों के मामले में आर्थिक लेन-देन आदि को लेकर उपजा मानसिक तनाव। यह निरंतर बना रहनेवाला तनाव पहले छिटपुट झगड़ों का रूप लेता है, फिर उसकी परिणति अलगाव, तलाक या अनेक बार हत्या, आत्महत्या जैसी दुर्दम घटनाओं के रूप में सामने आती है।

पर यहाँ मैं तुम्हें यह बताने जा रही हूँ कि इन सब कारणों से हटकर जो प्रमुख कारण होता है, वह है पति-पत्नी या कहें स्त्री-पुरुष के बीच अहं का टकराव। इधर स्त्री-शिक्षा, स्त्रियों की जाग्रत अधिकार-चेतना के कारण यह और बढ़ गया है। **परंपरागत स्त्री को आधुनिक होते या हर क्षेत्र में पुरुष की प्रतिस्पर्धा में खड़ी होते अथवा आगे बढ़ते देखना भीतर से वही परंपरागत पुरातन संस्कारवाला पुरुष सहन नहीं कर पाता। परिणाम होता है, दोनों के अहं का परस्पर टकराव और दांपत्य-टूटन। घरों का बिखराव और बच्चों की असुरक्षा। स्वयं स्त्रियों की असुरक्षा भी।**

दोष पुरुषों का भी नहीं, उनके सदियों के संस्कारों का है। वे ही संस्कार, जो माताएँ उन्हें देती हैं, आज की कथित शिक्षित माताएँ भी। लड़के-लड़की के पालन-पोषण में, शिक्षा-दीक्षा में, सुविधाओं की बाँट में भेदभाव का यह बीज पहले घरों में अंकुरित होता है, फिर शिक्षण-संस्थाओं में (जहाँ परस्पर सहभागिता पर नहीं, पश्चिमी पद्धति पर आधारित परस्पर प्रतियोगिता और प्रतिद्वंद्विता पर बल दिया जाता है) पल्लवित होता है। ये ही प्रतिद्वंद्वी संस्कार फिर व्यक्तिगत व सामूहिक जीवन को कई प्रकार से विषैला बनाने में जुट जाते हैं। मेरे खयाल में, तुम्हारे प्रश्न का उत्तर इसमें से ही निकल रहा है, है न?

आगे चलकर यही प्रतिद्वंद्विता जब कामकाजी महिलाओं को कार्यालयों में सहकर्मी पुरुषों से और घरों में पति से आगे निकलने पर उनके आड़े आने लगती है तो परिणाम अच्छे निकल ही नहीं सकते। लड़कियाँ पहले घरों में भाइयों से कमतर समझी जाने पर तरह-तरह के तनाव झेलती हैं, फिर वैवाहिक जीवन में घर पर व घरों से बाहर भी भेदभाव की शिकार होती हैं। इसके बाद भेदभाव से उपजा प्रतिद्वंद्विता का यह नया जहर पूरे समाज को विषाक्त करने लगता है।

हमारी संस्कृति में पहले भाई बहनों को संरक्षण देते थे। गाँव के, पड़ोस के लड़के और सहपाठी भी प्रायः यही भूमिका निभाते थे। अब सहयोग और संरक्षण की जगह प्रतिद्वंद्विता ने ले ली है, तो लड़के-लड़कियों के बीच भाई-बहन की सद्‌भावना के बजाय एक-दूसरे को नीचा दिखाने की प्रवृत्ति सिर उठाने लगी है, जिसकी पराकाष्ठा लड़कियों के यौन-शोषण तक में देखी जा सकती है।

आजादी की लड़ाई हमने साथ-साथ मिलकर लड़ी थी। तभी तो भारतीय महिलाओं को अपने अधिकारों के लिए अलग से लड़ाई नहीं लड़नी पड़ी थी। उनके अधिकारों की लड़ाई भी या तो समाज-सुधारक पुरुषों द्वारा लड़ी गई या साझे रूप में। इसलिए स्वतंत्रता के पश्चात् तुरंत हमें बराबरी के संवैधानिक अधिकार मिल गए, जो विश्व में अकेली व अनोखी घटना थी।

आजादी के बाद इन वैधानिक अधिकारों की सामाजिक अधिकारों में बदलने की लड़ाई भी यदि साझी लड़ी गई होती तो स्वतंत्र भारत की तसवीर आज कुछ और ही होती और नारी-शोषण इस कदर न बढ़ता। अन्यथा आधुनिक, साक्षर, शिक्षित, आजाद, अधिकार संपन्न नारी के शोषण के क्या मायने हैं ? पढ़ी-अनपढ़ी सभी स्त्रियाँ जब गांधीजी के आवाहन पर घरों से निकलकर आजादी की लड़ाई में कूद पड़ी थीं और हर तरह के त्याग व कष्ट झेलकर भी देश की खातिर पुरुषों के कंधे-से-कंधा मिला रही थीं तो आज स्त्रियों की लड़ाई केवल अपनी खातिर क्यों ? पूरे समाज में बदलाव लाने के लिए क्यों नहीं ?

पहले तो माँगकर अधिकार लेना ही गलत है, फिर इसके लिए पुरुषों को ललकारकर उनसे अधिकार छीनना और गलत। माँगने का मतलब क्या अपने को छोटा बनाना नहीं है ? अधिकार स्वयं अर्जित करें या इसके लिए स्वयं को योग्य बनाकर प्राप्त करें तो यह गौरव की बात भी है, सफलता की भी गारंटी है। फिर माँ के रूप में स्वयं स्त्री द्वारा अपने ही दिए संस्कार को, यानी पुरुष के अहं को चुनौती देना तो जैसे कलह को राह देना नहीं ?

पश्चिमी नारी-मुक्ति की लहर से आज यही हो रहा है। इसलिए समस्या

सुलझने के बजाय और उलझ गई है और स्त्रियों का शोषण बढ़ गया है। घर-बाहर कहीं भी वह सुरक्षित नहीं रही। छोटी-छोटी बच्चियाँ तक नहीं, न घरों में, न समाज में। चारों ओर हिंसा, यौन-हिंसा, जिसने स्त्री-अस्मिता पर आँच की बात क्या, सामनेवाले के माँ-बहन की गाली देने पर भी जान की बाजी लगानेवाले भारतीय पुरुष को जैसे हिंसक पशु बना दिया है।

पर इस विषय के विस्तार में न जाकर, मैं यहाँ इतना ही कहना चाहूँगी कि **लड़कियाँ साथी-सहपाठी लड़कों को ललकारकर प्रतिद्वंद्वी न बनाएँ। सहयोगी-मित्र बनाकर उनकी मदद से चलें तो उनकी वर्तमान की व भविष्य की राह आसान होगी,** अन्यथा तो जो हो रहा है, वह तुम आए दिन समाचार-पत्रों में पढ़ ही रही हो।

इसलिए मैं चाहती हूँ कि तुम लड़कियाँ पुरुषों के प्रति घृणा को अपने मन में बीज-रूप में न पालो। नहीं तो आगे चलकर यह प्रतिद्वंद्विता दांपत्य व परिवार के दायरे में जाकर अनेक जिंदगियों को बरबाद कर देगी, कर ही रही है।

लड़की या स्त्री की ओर से सहयोग के लिए बढ़ा हाथ आज भी कोई लड़का या पुरुष झटक नहीं सकता—यह उसकी संस्कारिता से ही जुड़ा एक समाज-सत्य है। भविष्य की, घर-बाहर सुरक्षा की गारंटी इसी सहयोग-सहभागिता पर निर्भर है।

सृष्टि के प्राकृतिक सिद्धांत से भी दोनों एक-दूसरे के बिना अधूरे हैं, इसलिए परस्पर पूरक हैं। स्त्री-मुक्ति की राह अपने हीनभाव से मुक्ति से ही खुलती है, पुरुष से मुक्ति की राह से नहीं। वह संभव भी नहीं। तो बेकार में क्यों तनावपूर्ण जीवन को न्योता दिया जाए और हादसों को भी आमंत्रित किया जाए?

लड़कियाँ, स्त्रियाँ प्रतिद्वंद्विता की राह अपनाने के बजाय पुरुषों का सहयोग आमंत्रित करें तो उनके अधिकार भी उन्हें मिलेंगे, समाज में शांति भी स्थापित होगी। आखिर स्त्री पुरुष की माँ है। उसे अपने पद से नीचे आकर शोषित क्यों होना चाहिए? समाज-नियंता बनने के लिए पुरुष से ऊँचे अपने मातृ-पद की गरिमा को वापस क्यों नहीं प्राप्त करना चाहिए?

स्त्री को यह गरिमा पुरुष स्वयं नहीं लौटाएँगे। चुनौती झेलकर तो हरगिज नहीं। यह लौटेगी स्त्रियों द्वारा स्वयं अर्जित अधिकारों से और पुरुषों के सहयोग से। अन्य रास्ता नहीं है।

बस, आज इतना ही। अब तुम जल्दी घर लौट ही रही हो। शेष मिलने पर।

ढेर से प्यार के साथ तुम्हारे घर आने की प्रतीक्षा में।

—तुम्हारी माँ

□

मैत्री और प्रेम की सीमा-रेखा

सुनो सुगंधा,

तुम्हारा पत्र अभी मिला। छुट्टियाँ घर पर बिताकर तुम सकुशल हॉस्टल पहुँच गई हो—अपने सहपाठियों के बीच, अपनी सहेलियों के बीच। तुम्हारी खुशी का अंदाजा लगा सकती हूँ। परीक्षा की थकान के बाद अवकाश का समय घर पर बिताने की खुशी। परीक्षा में अच्छे अंक लेकर पास होने की खुशी। इसके बाद वापस अपने मित्रों के बीच पहुँच जाने की खुशी। फिर खुशी के इजहार और बोरियत के अहसास का अंतर्विरोध मेरी समझ से परे है। यह दोहरी मानसिकता क्यों?

एक पूरा सत्र हॉस्टल में रहकर भी, छुट्टियों के बाद दोबारा जाने पर तुम सहज क्यों नहीं हो रहीं? हॉस्टल में प्रारंभिक दिनों की तरह तुम्हें घर की याद क्यों सताने लगी? अब तो यह तुम्हारे लिए नई जगह नहीं है?

चलो, परिवार के बीच से जाने के बाद घर की याद आना तो स्वाभाविक है। पर शुरू हुए सत्र में पढ़ाई का जोर कम होने से तुम्हें बोरियत क्यों महसूस होने लगी? शायद तब तक तुम्हारी मित्र-मंडली के सभी छात्र-छात्राएँ हॉस्टल नहीं लौटे होंगे। अब वे भी आ चुके होंगे और तुम्हारी व्यस्तता भी बढ़ चली होगी। बताओ, अब तो बोर नहीं हो रहीं?

बहरहाल, यह भी बिलकुल स्वाभाविक है कि एक ठहराव के बाद मन फिर परिवर्तन चाहने लगे। विशेष रूप से किसी कार्य की निरंतरता से, किसी अच्छे वातावरण तक की निरंतरता से जल्दी 'बोर' होनेवाला किशोर-मन। लेकिन तुम तो जानती हो न सुगंधा कि बोरियत अकसर खाली दिमाग की उपज होती है या कहें हाथ में लिये कार्य में रुचि न लेने के कारण यह खाली दिमाग में घर बना लेती है। पर तुम्हारे साथ ये दोनों ही तथ्य मैं जोड़ नहीं पाती।

किसी सार्थक काम में लगे कर्मठ व्यक्ति को कभी कहते सुना है कि ऊब रहा

हूँ या बोर हो रहा हूँ? नहीं न? उसी तरह जीवन-निर्माण में लगे, सुखद भविष्य के सपने को साकार करने में व्यस्त किशोर को भी बोर नहीं होना चाहिए। जिस राह पर वे चल रहे हैं, वह सही दिशा की ओर जाती है और जीवन-निर्माण के जिस कार्य में वे लगे हैं, वह सार्थक है, यह सोच साथ चलनी चाहिए। साथ ही लक्ष्य दृष्टि की परिधि से बाहर नहीं जाना चाहिए, बस इतनी सी बात।

तो **आँख में भविष्य का सपना, मन में निर्माण का संकल्प और हाथ में लिये गए काम में रुचि सँजोए रहना है, ताकि बोरियत कहीं आस-पास भी न फटके।** मुझे लगता है, गत वर्ष की तरह यह भी एक अल्प अवधि का अस्थायी दौर है, जो जल्दी ही गुजर जाएगा और तुम अपनी पढ़ाई व मित्र-मंडली में रम जाओगी। अभी तो कॉलेज खुला है। अध्ययन का नया सिलसिला नया उत्साह जगाएगा। नई स्फूर्ति, नई ऊर्जा देगा और अगले ही पत्र में तुम लिखोगी—सब ठीक हो गया। इसलिए इस अस्थायी दौर के लिए मैं चिंतित नहीं हूँ।

थोड़ी बौछारें पड़ जाने के बाद अब तो नई ताजगी के लिए मौसम भी खुशगवार हो चला है। नए पाठ्यक्रम में, नई किताबों में तुम्हारा मन खूब रमेगा। कुछ नई सहेलियाँ, कुछ नए मित्र भी बनेंगे। बस, पढ़ाई और मनोरंजन, मनोरंजन और पढ़ाई यह संतुलन बना रहना चाहिए—बोरियत से बचने के लिए ही नहीं, नित नई स्फूर्ति पाने और तरोताजा बने रहने के लिए भी।

हाँ, तुम्हारी उस सहेली रचना का क्या हुआ? कॉलेज लौटी कि नहीं? एक ठोकर खाने के बाद अब तो वह सँभल गई होगी? इश्कबाजी के चक्कर में दोबारा तो नहीं पड़ी? अब पढ़ाई में कैसी चल रही है?…जो भी हो, उसके भी समाचार देना।…और तुम्हें तो यह कहने की आवश्यकता नहीं कि तुम भी सँभलकर चलना।

दिव्य की दोस्ती तुम्हें पसंद है। तुम्हारे अनुसार, दिव्य आम लड़कों जैसा नहीं है। एक सुलझे दिमाग और संतुलित व्यक्तित्ववाला सौम्य लड़का है वह। तुम्हारी दृष्टि की परख पर अभी मेरा पूरा विश्वास नहीं जम पाया है। फिर भी तुम्हें ऐसा लगता है तो तुम उसकी दोस्ती को आगे बढ़ा सकती हो, पर मन में यह स्पष्ट धारणा लेकर कि दोस्ती को दोस्ती तक ही सीमित रखना है। कम-से-कम पढ़ाई के अंतिम वर्ष तक दोस्ती को कथित प्रेम का अर्थ नहीं देना है। इसलिए कि यह अर्थ समझने में तुम्हें अभी वक्त लगेगा।

यह बात कभी नहीं भूलना है कि कच्ची किशोरावस्था में प्रबुद्ध लड़के-लड़कियाँ भी किन्हीं भावुक क्षणों में, चाहे-अनचाहे या जाने-अनजाने ऐसी गलती कर सकते हैं, जिसका परिणाम उन्हें अरसे तक झेलना-भुगतना पड़ सकता है। यह

भी संभव है कि कुछ समय बाद दोनों को अपना निर्णय गलत लगे, तब पीछे लौटने का द्वार भले ही बंद न हो, किंतु अपने भविष्य पर प्रश्नचिह्न तो लग ही जाता है।

भविष्य के द्वार में प्रवेश वर्जित हो, न हो, भावी दांपत्य-जीवन पर इसके प्रभाव की धुँधली छाया पड़े बिना न रहेगी। इसीलिए इस नाजुक अवस्था में हर कदम फूँक-फूँककर उठाने-रखने की सलाह दी जाती है, ताकि निर्माण की इस यात्रा में कोई व्यवधान न आए।

फिर भी कहीं लगे और **अकेले में न मिलने की सावधानी बरतने के बावजूद लगे कि सहज मैत्री सहज प्रेम में विकसित हो रही है, तब समझ का दामन थामने की अतिरिक्त आवश्यकता होगी। सुखमय भविष्य की गारंटी के लिए परस्पर लगाव के इस समय को परस्पर परख के अमूल्य अनुभव से भरना होगा,** जिससे आगे जीवन भर इस अनुभव का लाभ लिया जा सके।

सायास एक निश्चित दूरी बनाए रखकर, दोस्ती को आगे बढ़ाया जाए तो यह अनुभव दो तरह से सहायक सिद्ध होगा—अगर कुछ समय बाद लगे कि दोस्ती अपनी जगह है, दांपत्य जीवन की जिम्मेदारी अपनी जगह, तब जरूरी नहीं कि प्रेमी के साथ ही विवाह हो। निर्णय स्वयं अनुभव लेकर भी बदला जा सकता है। ऊँच-नीच समझाकर घरवाले भी पूर्व निर्णय बदलवा सकते हैं, क्योंकि अनुभव के कारण उनकी परख अधिक परिपक्व होती है और कोई भी माँ-बाप यह नहीं चाहते कि उनकी लड़की नासमझी भरे निर्णय से धोखा खाए। उनके लिए बेटी की भलाई ही सर्वोपरि होती है। यानी **रास्ता स्वयं बदला जाए या परिवार की ओर से बाधा डालकर बदलवाया जाए, जल्दबाजी में लिये गए पूर्व निर्णय में सुधार की गुंजाइश हमेशा बनी रहती है, बनी रहनी चाहिए।** तब खुशी-खुशी अलग-अलग रास्ते अपना लेने चाहिए। दोस्ती तोड़कर नहीं। समझदारी से मेल-जोल कम करके। इसके लिए, जैसा कि आम होता है, प्यार (अगर वह सचमुच प्यार था।) को घृणा में क्यों बदला जाए? घृणा से कटुता उत्पन्न होती है, जबकि प्यार की मधुर स्मृति जिंदगी भर भीतर से बल प्रदान करती रह सकती है।

यह तो रही एक-दूसरे को परख लेने के बाद अच्छे दोस्तों की तरह ही एक-दूसरे के हित में, समझदारी से, प्यार से रास्ते अलग कर लेने की पहली स्थिति। दूसरी स्थिति होगी परख के बाद एक-दूसरे की सारी खूबियों व कमियों को स्वीकार करके, अपने पूर्व निर्णय पर दृढ़ रहने की। दोस्ती के दौरान केवल खूबियों का प्रदर्शन और कमियों का दुराव-छिपाव आगे चलकर संबंधों में दरार डाल सकता है। साथ रहने पर कमियाँ उजागर होंगी ही। तब उन्हें स्वीकारने के बजाय, एक-

दूसरे पर दोषारोपण से खटास पैदा होगी और धोखे का अहसास होगा, जो संबंध को सहज-सामान्य नहीं रहने देगा।

इसलिए सच्ची दोस्ती में कमियों को कभी छिपाना नहीं चाहिए। जिसे जीवनसाथी स्वीकार करने जा रहे हैं, उसे उसकी हर खूबी-कमी के साथ ही अपनाना होगा। आखिर जिंदगी में कहीं-न-कहीं समझौता तो करना ही पड़ता है। पहले ही कमियों के स्वीकार के बाद आगे उनसे समझौता करके चलना कठिन नहीं होता और तब दोस्ती को शादी में बदलने के सही समय पर लिये गए निर्णय के लिए आगे कभी पछताना नहीं पड़ेगा।

पहले प्रेमी व फिर पति के स्वभाव, को हर स्थिति में स्वीकार के साथ, हर कदम पर समझौते-सुधार की गुंजाइश लेकर साथ चलने से दांपत्य का दामन खुशियों से भरा रहेगा। इसलिए ही कम-से-कम पढ़ाई पूरी होने तक, बल्कि बाद में कैरियर का लक्ष्य भी प्राप्त कर लेने तक, दोस्ती को धैर्य से, संयम से, समझदारी से चलाए रखना है और इस अवधि को परख-अवधि मानकर इसका भरपूर लाभ लेना है।

अब तुम कहोगी कि इस दौरान एक निश्चित दूरी बनाए रखने के लिए क्या सतर्कता बरतनी चाहिए? इसके लिए कोई बँधे-बँधाए नियम नहीं हो सकते। हर लड़की को यह तीसरी आँख प्रकृति और समाज ने मिलकर दी हुई है कि वह समय पर खतरा भाँपकर सतर्क हो जाए। साथी पर बिगड़ने, बाद में रोने-धोने या मामले को तूल देकर तमाशा बनने के बजाय, दोनों के बीच यह एक मूक समझौता रहना चाहिए कि जिसे वे प्रेम करते हैं, उसके सम्मान का ध्यान रखें।

लड़की को अपना बचाव करने के लिए क्या-क्या सतर्कता बरतनी चाहिए, इसपर मैं पहले भी लिख चुकी हूँ। यहाँ इतना ही कि कोई दबाव भावात्मक दबाव बनकर इस तरह सामने न आए कि भावुकता में बह जाने का अवसर मिले। ऐसे समय भावुकता की नहीं, दृढ़ता की जरूरत है कि प्यार से भी दृढ़ता दिखाकर मना किया जा सके। वक्त पर तुम किस तरह रास्ता निकालती हो, इसी से तो तुम्हारे इस सारे प्रशिक्षण की, उससे प्राप्त समझ की परीक्षा होगी। फिर भी कुछ सामान्य निर्देश ये हो सकते हैं—

- मैत्री स्त्री-पुरुष में भेद नहीं करती। मन में सहज मैत्री का भाव लेकर उसे सहज रूप में लंबे समय तक निभाया जा सकता है। फिर भी प्राकृतिक नियम से एकांत की निकटता में, विशेष रूप से किशोरावस्था में, भावनात्मक संतुलन रख पाना कठिन हो सकता है। पर सहेलियों के साथ, मित्रों व सहपाठियों के साथ समूह में मेल-जोल रखकर समस्या पर सहज ही

काबू पाया जा सकता है।

- सामूहिक मेल-जोल के समय भी यह अनौपचारिक नियम लागू रहना चाहिए कि जब लड़के-लड़कियाँ साथ हों तो हलके, अशिष्ट या अश्लील मजाक सहन नहीं किए जाएँगे। ऐसे समय जब लड़के-लड़कियों की अपनी-अपनी टोलियाँ बन जाने की स्थिति सामने आती है तो निकट वार्त्तालाप के अवसर मिल जाया करते हैं। तब ध्यान रखें कि बातचीत में पढ़ाई, कैरियर, समाज, राजनीति, खेल, कलाएँ, हॉबियाँ आदि सभी विषय शामिल हों।
- इससे सामान्य ज्ञान बढ़ेगा, व्यक्तित्व का विकास होगा। भविष्य पर दृष्टि रखने में मदद मिलेगी। और बजाय एक-दूसरे पर कटाक्ष करके दोस्ती को दुश्मनी में बदलने या लड़के-लड़कियों में अनावश्यक प्रतिद्वंद्विता लाकर, वर्गीय भावना से, एक-दूसरे को नीचा दिखाने के अवसर पैदा कर दुर्भावनाओं को राह देने के, एक-दूसरे को व्यक्तिगत व सामूहिक रूप में समझने में सहायता मिलेगी।
- ऐसे समय सतर्कता बरतने की बात वहीं उठेगी, जब मित्र की निगाह बदली हुई लगे। उसकी ओर से, परस्पर विश्वास की दुहाई देकर, एकांत में मिलने का प्रस्ताव आए। सिनेमा, होटल आदि जगहों पर या जोड़ा बनाकर अकेले पिकनिक पर जाने के प्रस्ताव को आपत्तिजनक मान, बहाने से या दृढ़ता से मना करने का मन बना लेना चाहिए, ताकि कोई जोखिम न उठाना पड़े।
- पुरुष से मित्रता स्त्री के लिए मूल्यवान् अनुभव होता है। साथी के सही चयन के बाद तो यह अनुभूति अतिरिक्त ऊर्जा देनेवाली हो सकती है, यदि नारी आत्मविश्वासी हो और आत्मसम्मान को किसी बड़े-से-बड़े प्रलोभन से भी ऊपर रखे। अपनी सीमाओं की पहचान और सामाजिक मर्यादाओं का ध्यान रखकर तो पाश्चात्य शैली की 'डेटिंग' पद्धति अपनाने में भी हर्ज नहीं। डेटिंग का मतलब सामाजिक मर्यादा या अपने भारतीय संस्कार से बाहर जाना नहीं, एक-दूसरे की निकटता से एक-दूसरे को जानना एवं परस्पर समझ विकसित करना ही होता है।
- ऐसी समझ रखनेवाली लड़की से कोई भी सामान्य लड़का कभी जबरदस्ती नहीं करेगा, क्योंकि उसे भी अपनी इज्जत प्यारी होती है। यों भी जब तक लड़की की कमजोरी उसे प्रोत्साहित न करे, किसी की आगे बढ़ने

की हिम्मत नहीं होगी। कुछ गुंडा किस्म के लड़कों को छोड़कर (जिनसे हमेशा ही बचकर रहना है) तुम्हारे जैसी लड़की के किसी दोस्त के बारे में ऐसा व्यवहार सोचा भी नहीं जा सकता। अत: डरने का सवाल ही नहीं पैदा होना चाहिए।

- बस यही देखना है कि किन्हीं कमजोर क्षणों में भी भावुकता को अपने ऊपर हावी न होने दें। अनुचित आग्रह प्यार की गहरी मनुहार के साथ भी स्वीकार न करें। किशोरावस्था के बाद की परिपक्व उम्र में भी, उसी प्रेमी से विवाह की संभावना प्रबल होने पर भी, यहाँ तक कि सगाई हो जाने के बाद भी, यदि कोई युवती अपने प्रेमी की मनुहार स्वीकार कर आत्मसमर्पण कर देती है, तो विवाह के बाद पति का पद पाकर वही पुरुष उसे शक की निगाह से देखने लगता है कि 'क्या मालूम इसी तरह किसी अन्य पुरुष को भी शरीर समर्पित किया हो?' और यह शंका सिर उठाकर सहज दांपत्य संबंध में दरार डालने लगती है, इसीलिए सतर्कता जरूरी है।
- **यह संकल्प भी मन में बल का संचार करेगा कि अपने भीतर के 'सर्वोत्तम' को अपने प्रिय के लिए बचाकर रखना है।** एक थाली के रूप में यह निधि भावी जीवन में हर कदम पर मनोवैज्ञानिक रूप में सहारा देती रहेगी और कभी भी लड़खड़ाने की नौबत आने पर रक्षा-कवच बन जाएगी।
- प्यार कोई प्रदर्शन की वस्तु नहीं। इसे दिल की गहराइयों में ही रहने देना है। 'वैलेंटाइन डे' जैसे प्रदर्शनप्रिय उत्सव भारतीय क्या, पाश्चात्य संस्कृति की भी देन नहीं हैं। ये केवल उपभोक्ता बाजार की देन हैं। माँ का प्यार क्या कभी 'मदर्स डे' का मोहताज रहा है? इसलिए भद्दे ढंग की 'रैगिंग' की तरह, जहाँ तक संभव हो, ऐसे प्रदर्शनप्रिय रिवाजों को भी प्रश्रय देने की जरूरत नहीं।
- बाहर की खुली हवा के लिए हमें अपनी खिड़कियाँ खुली रखनी हैं, पर इसका अर्थ यह भी नहीं कि धूल-धक्कड़ भरे अंधड़ के लिए भी उन्हें बंद न करें। मेरा आशय तुम समझ गई होगी। अंत में बस इतना ही चाहूँगी, जिससे अपने दोस्त दिव्य के समाचार इसी तरह, बिना किसी संकोच के देती रहना कि किसी उलझन को सुलझाने में वक्त पर तुम्हें मेरी मदद मिल सके। तुम्हारे पत्र की प्रतीक्षा रहेगी।

प्यार के साथ,

—तुम्हारी माँ

□

छेड़खानी की समस्या

सुनो सुगंधा,

तुम्हारा पत्र मिला। तुमने चाहा है, पिछले विषय को आगे बढ़ाने से पहले मैं लड़कों द्वारा लड़कियों को छेड़ने की समस्या पर बात करूँ कि वे ऐसा क्यों करते हैं? 'हम लड़कियाँ उन्हें सहज भाव से दोस्त बनाना चाहें तब भी वे इसे सहज रूप में क्यों नहीं लेते? क्या सुख मिलता है उन्हें लड़कियों को छेड़कर, उन्हें रुलाकर, यहाँ तक कि सताकर भी?'

तुम्हारी शिकायत किसी हद तक सही है, पर यह सभी लड़कों पर लागू नहीं होती। घर से जिन्हें अच्छे संस्कार मिले होते हैं, वे अकसर ऐसा नहीं करते। फिर भी तुम्हें हैरानी होती होगी कि वे छेड़खानी करनेवाले लड़कों का साथ क्यों देते हैं? स्वयं गुंडागर्दी न करें, समय पर उसका विरोध भी तो नहीं करते? विरले लड़के यह साहस दिखाते भी हैं तो अकसर उनसे पार नहीं पाते, जल्दी हारकर पीछे क्यों हट जाते हैं? आगे बढ़कर स्वयं उनका मुकाबला करनेवाली लड़कियों को तो कई बार इसका बेहद कड़आ अनुभव भी होता है। तब इसका उपाय क्या है?

मुझे खुशी है, तुमने यह बहुत सामयिक, बहुत गंभीर प्रश्न उठाया है। इधर समाचार-पत्रों में लड़कों की उद्दंडता की अनेक ऐसी खबरें भी छपी हैं, जो क्रूरता की सीमा लाँघकर सारे राष्ट्र की चिंता का विषय बनी हैं। पर आम तसवीर ऐसी नहीं है। फिर भी उन्हें लिखकर, मेरे इन पत्रों को पढ़नेवाले तुम्हारे सहेली-समूह तक, मैं यह जानकारी एक चेतावनी के साथ पहुँचाना चाहती हूँ कि वे इससे अनभिज्ञ न रहें। इतना ही नहीं, जबरदस्ती 'आ बैल मुझे मार' वाला दुस्साहस दिखाकर गुंडा किस्म के लड़कों को उकसाने से बचें।

बेशक उन्हें मुकाबला करना आना चाहिए। समय पर स्व-रक्षा के लिए जूडो-कराटे भी सीखना चाहिए। पर बात-बेबात अपराधी किस्म के लड़कों के

और बाप के पैसे के बल पर इठलानेवाले नव धनाढ्य शोहदों के मुँह लगने की भी जरूरत नहीं।

मेरे कहने का आशय यही है कि अपवाद रूप में कुछ लड़कियाँ ही यह जोखिम उठा सकने की क्षमता रखती हैं। न तो हर साधारण-सुशील लड़की के बस की बात है ऐसा जोखिम उठाना, न उसे इस पचड़े में पड़ना चाहिए। ऐसे उद्दंड शोहदों से बचकर चलने में ही भलाई है। हाँ, एकदम चुप लगा जाना भी ठीक नहीं कि उन्हें दोबारा-तिबारा ऐसी हरकत करने का मौका मिले। अपने अभिभावकों और कॉलेज-प्रिंसिपल को बताकर आगे अपनी सुरक्षा का इंतजाम तो कराया ही जाना चाहिए।

दरअसल, सदियों से हमारे घरों में लड़कों और लड़कियों को जो अलग-अलग संस्कार दिए जाते हैं, उनका ही परिणाम है आज शिक्षा में, नौकरियों में, समाज के हर क्षेत्र में लड़कियों को आगे बढ़ता देखकर लड़कों का खीझना। उनके संस्कार इसे पचा नहीं पाते कि छोटे भाई के भी संरक्षण में बाहर निकलनेवाली लड़की आज यूँ स्वतंत्र चले और आगे बढ़े। लड़कियों का आगे बढ़ना जैसे वे अपने लिए चुनौती मान लेते हैं। और उन्हें अपने से हीन समझने के लिए, (उनके शब्दों में) उनकी औकात उन्हें बताने के लिए ही वे तरह-तरह के हथकंडे अपनाते हैं।

शरीफ कहे जानेवाले लड़के भी समय पर लड़कियों को उद्दंड लड़कों से बचाने के लिए अकसर जान को जोखिम में डालकर उनसे भिड़ जाते हैं। इस तरह न केवल वे सहपाठी, साथिन या सहकर्मी लड़कियों की निगाह में ऊँचे उठ जाते हैं, आगे उन्हें अपने संरक्षण में लेकर उन्हें सुरक्षा भी प्रदान करते हैं। तुम आए दिन स्कूल-कॉलेज में या सड़कों पर ये दृश्य देखती होगी। इससे क्या होता है ? लड़कों में अहं और संरक्षण का भाव कुछ और बढ़ जाता है और लड़कियों में उनका हीन भाव कुछ और उभर आता है।

जब बचपन से मिले संस्कारों के कारण अच्छे-सुशील लड़कों का यह हाल है, तो जिन्हें घर से सही संस्कार नहीं मिले, जिन्हें माँ-बाप का प्यार और समय नहीं मिला या जो कारणवश किसी गलत संगति में पड़ गए, उन परिवार-विद्रोही, असामाजिक किस्म के उद्दंड हो गए अथवा नवधनाढ्यों की काली कमाई पर, बिना कुछ श्रम किए, गुलछर्रे उड़ानेवालों का अहं तो उन्हें अपराधी तक बना देता है।

उसपर हमारी फिल्में और दूरदर्शन-सीरियल भी तो प्रायः यही अनैतिकता

परोस रहे हैं कि सिर उठाकर चलनेवाले विरोधी को कुचल दो। बिजनेस में आगे निकलनेवाली कंपनी को किसी भी तरह बरबादी की राह पर डाल दो। अपने आपको स्वतंत्र माननेवाली, साहसी और अपनी जीत को लेकर सिर ऊँचा कर चलनेवाली लड़कियों को क्रूरता की हद तक जाकर 'सबक' सिखा दो।

जरूरी नहीं कि उन्होंने साथी लड़कों का कुछ बिगाड़ा हो, बस लड़कों को भर्त्सना और लड़कियों को प्रशंसा क्यों मिली? यह कारण भी उनके लिए काफी होता है, लड़कियों को छेड़ने, सताने और क्रूरता से कुचल देने तक के लिए।

क्रूरता की हद तक जानेवाले ये कुछ उदाहरण हैं—

कर्नाटक के आदिवासी क्षेत्रों में या सुदूर अंचलों में केरल की तरह स्त्री-शिक्षा आम नहीं है। वहीं वपकुर के दसबहिल्ल गाँव की एक लड़की ने बहुत कष्ट झेलकर भी शिक्षा में आगे बढ़ने की 'पहल' की। जिस गाँव में कोई लड़की सेकंडरी तक की परीक्षा पास न हो, जहाँ अधिकतर लड़के भी अनपढ़ हों, वहाँ सनतम्मया नाम की एक लड़की रोज अकेली छह किलोमीटर का रास्ता पैदल पार कर कॉलेज जाने लगे, यह गाँव के गोविंदिया, थिम्किया और केंचप्पा नाम के अनपढ़ व आवारा किस्म के लड़कों को कैसे सहन होता? इनमें मुख्य भूमिका ग्राम पंचायत के एक कर्मचारी गोविंदिया की ही रही।

पहले इन शोहदों ने तरह-तरह के रोड़े अटकाए। लड़की को अकारण बदनाम करने की भी कोशिश की गई। जब सफल नहीं हुए, लड़की ने हार नहीं मानी, तो उसका मनोबल तोड़ने के लिए एक दिन उसपर तेजाब डाल दिया गया। साँझ के नीम अँधेरे में इस अप्रत्याशित तेजाबी हमले से इक्कीस वर्षीया सनतम्मया बुरी तरह झुलस गई। इतनी होनहार लड़की को गाँव में इस तरह का रिकॉर्ड बनाने पर प्रशंसा मिलनी चाहिए थी, न कि इस तरह की सजा? ईनाम-उपहार मिलने चाहिए थे, न कि यह बर्बरतापूर्ण व्यपहार?

उसके गाँव के पिछड़े गोल्ला समुदाय ने भी लड़कों को पकड़कर सजा देने के बजाय, उलटे लड़की व उसके परिवार को ही धमकी दे डाली कि पुलिस में रपट लिखाई तो गंभीर नतीजा भुगतना होगा। फिर भी सनतम्मया ने हिम्मत नहीं हारी। ठीक होने के बाद उसने फिर कॉलेज जाना शुरू कर दिया कि वह बी.ए. करके ही रहेगी और गाँव का नाम ऊँचा करेगी। ऐसा साहस कुछ विरली लड़कियाँ ही दिखा पाती हैं।

पर गाँव के पिछड़े समुदाय की बात छोड़ दें तो नगरों-महानगरों में भी आए दिन ऐसे जघन्य कांड घटने की खबरें कम नहीं छप रहीं। सुगंधा, मैं तुम्हें डराने के

लिए नहीं, सतर्क रहने और तुम्हारी हिम्मत बढ़ाने के लिए ही ऐसी कुछ दुःखद घटनाओं का जिक्र कर रही हूँ—

मुंबई—सुबह छह बजे की लोकल ट्रेन से अपने गंतव्य को जाती एक युवती को गुंडे ने छेड़ा, तो उसे लगा, रोज-रोज ऐसी हरकत करनेवाले को आज तो मजा चखाना ही होगा। वह उस गुंडे से भिड़ गई और उस गुंडे ने अपने साथी के साथ मिलकर उसे चलती ट्रेन से नीचे फेंक दिया। सहयात्री लड़कियों ने उसका साथ नहीं दिया कि 'कौन इनके मुँह लगे' और ट्रेन से नीचे गिरी उस लड़की के दोनों पैर कट गए। आज वह लड़की जिंदगी भर के लिए अपाहिज है।

मध्य प्रदेश के कस्बे का एक स्कूल। कुछ नवधनाढ्य बिगड़े लड़के अकसर अपनी जिप्सी से स्कूल के अहाते में घुस आते और दहशत फैलाकर लौट जाते। एक दिन उन लोफरों ने धक्का मारकर प्रीति नाम की एक लड़की को गिरा दिया। उसका टिफिन बॉक्स कुचल गया। साथ की लड़कियों ने कहा भी, जाने दो, दूसरा टिफिन खरीद लेना। पर प्रीति नहीं मानी। उसने गुंडों का अकेले मुकाबला किया और वे सारी लड़कियों व स्टाफ के सामने प्रीति को कुचलकर भाग गए।

कोलकाता—रेखा नाम की एक लड़की अपनी बास्केट बॉल टीम को कसरत करा रही थी। एक कार से कुछ रईसजादे आए और लगे उसपर छींटाकशी करने। रेखा को लगा कि यदि आज वह अपने सम्मान की रक्षा नहीं कर पाई तो कल देश के सम्मान को कैसे बचा पाएगी? और उसने अपनी पूरी क्षमता से उन्हें लताड़ा। उस समय तो वे चोट खाए-से लौट गए, पर थोड़ी देर बाद और साथियों को लेकर लौटे और मिलकर उन्होंने पूरी ताकत से रेखा को कुचल डालने की कोशिश की। टक्कर खाकर रेखा उछलकर फुटपाथ पर जा गिरी। वह टक्कर इतनी जोर की थी कि उसका शरीर बेकार हो गया। बारह घंटे बाद होश आने पर भी उसने इतना ही कहा, 'यह तो मेरा फर्ज था, यह मुझे करना ही था।'...इसी तरह गाजियाबाद के एक गाँव की एक लड़की मंजू ने दो बलात्कारी गुंडों का अकेले मुकाबला किया और न केवल उन्हें भगाने में सफल रही, उसने उनमें से एक की नाक (उन्हीं से छीने चाकू से) भी काट ली।

यहाँ सवाल उठता है कि कितनी लड़कियाँ समय पर इस तरह साहस जुटा पाती हैं और जीतती भी हैं? अकसर तो उनका हश्र अखबारों में छपी, एक महीने के अंदर चार नगरों में इन चार छात्राओं के साथ घटी चार घटनाओं में से पहली, दूसरी घटनाओं का सा ही होता है।

सवाल-दर-सवाल उठता है कि फिर क्या हो? क्या लड़कियाँ चुपचाप

अपमान का घूँट पीकर रह जाएँ? क्या उपाय है इनका? विशेष रूप से तब, जबकि स्कूल-कॉलेज प्रशासन इनका कुछ बिगाड़ न सके, पुलिस भी वक्त पर विशेष कुछ न करे और बिना सजा पाए या मामूली सजा के बाद ये बिगड़े साँड़ इसी तरह छुट्टा घूमते रहें? क्यों होता है ऐसा? ऐसे वक्त स्वयं लड़कियाँ क्या करें? करें, तो क्या बदले में इसी तरह सजा पाती रहें या बदनाम होती रहें? महिला सबलीकरण वर्ष मनाने के क्या मायने हैं, अगर इन बातों का कोई ठोस हल नहीं निकलता है?

सारे सवाल अपनी जगह सही हैं। यहीं यह सवाल भी उठता है कि कितनी लड़कियाँ अपनी जान जोखिम में डालकर भी सनतम्मया, प्रीति, मंजू व रेखा की तरह साहस दिखा पाती हैं? यह सवाल कुछ-कुछ वैसा ही है कि कितनी लड़कियाँ किरण बेदी, सुषमा स्वराज या संतोष यादव बन पाती हैं?

सुगंधा, तुम लड़कियों को एक साथ इन सारे सवालों से जूझना है। इन घटनाओं का विश्लेषण कर इनके पीछे के कारणों को जानना है। इसी विश्लेषण के माध्यम से लड़कों के मनोविज्ञान को समझना है। लड़कों-लड़कों में भेद करना सीखना है और उसी अनुसार स्थितियों से निबटना है।

एक बात तय है कि सदियों के संस्कार नए बदलाव के अनुरूप उसी तेजी से बदल नहीं पाते। औसत लड़की के संस्कार और औसत लड़के के संस्कार इस अर्थ में समान हैं। संस्कार कौन देता है? मुख्यत: घर में माँ ही न! आज भी माँए घरों में लड़के-लड़की के पालन-पोषण में भेद करती हैं।

परिवार में, समाज में दोनों की भूमिकाएँ कुछ भिन्न हैं, इसलिए दोनों की घरेलू शिक्षा और शिक्षालयों के पाठ्यक्रम में, उनकी आवश्यकतानुसार, कुछ भेद रखना जरूरी हो सकता है। मनुष्य की जननी होने के कारण प्रकृति ने स्वयं यह भेद रखा है। तो समाज ने भी उसी अनुसार दोनों की कुछ भिन्न भूमिकाएँ निर्धारित कर दीं। पर दोनों की भूमिकाएँ परस्पर पूरक भी तो हैं! बल्कि जननी के नाते महिला का स्थान समाज में पुरुष से ऊँचा माना जाना चाहिए। लेकिन वैदिक काल से आज तक पितृसत्तात्मक समाज में ऐसा हुआ नहीं तो क्यों? मैं पुरुषों पर दोष रखने के बजाय माँ को ही इसके लिए अधिक जिम्मेदार ठहराती हूँ।

पिछली पीढ़ियों की लगभग अशिक्षित और आज की हमारे गाँवों की पिछड़ी, अनपढ़ माँओं की बात जाने दो, क्या शहरी सुशिक्षित माताओं में भी अधिकतर अपने इस सदियों पुराने संस्कार से नहीं संचालित हैं कि घर का काम करना लड़कों की भूमिका नहीं?

अब जबकि संवैधानिक बराबरी के अधिकार हैं। लड़के-लड़कियाँ समान

रूप से उच्च शिक्षा और व्यावसायिक शिक्षण-प्रशिक्षण ले रहे हैं। भाई-बहन दोनों के कॉलेज से लौटने पर माँ लड़की से ही क्यों कहती है—भाई को पानी दो या उसके लिए चाय बनाओ। क्या मँहगाई के दबाव और नौकरों के अभाव में घर का लड़का अपने हाथ से लेकर पानी भी नहीं पी सकता? वह जरा काम में हाथ बँटाना भी चाहे तो माँ उसे यह कहकर क्यों झिड़क देती है कि जाओ, यह तुम्हारा काम नहीं है।

आगे चलकर पति बनने पर यही लड़का यदि घर के काम में अपनी कामकाजी पत्नी की मदद नहीं करता तो क्या उसे ही दोष देंगे?

इसी तरह लड़की की सुरक्षा के लिए उसपर कुछ नजर रखना व उसे अपनी अस्मिता की रक्षा के लिए ऊँच-नीच समझाना तो ठीक, पर उसपर अनावश्यक पहरे बिठाना, उसे छोटे से भाई तक के संरक्षण में बाहर भेजना क्या उसके आत्मविश्वास को कम करना नहीं? अथवा लड़के के भीतर अहं का विकास करना और लड़की के भीतर हीनता को उभारना नहीं? इसीलिए मैं इस संस्कार-अंतर के लिए माँओं के संस्कार को ही मुख्यतः दोषी ठहराती हूँ, जो न शिक्षा के साथ अधिक बदले हैं, न समाज में उनकी नई कामकाजी भूमिका के साथ।

आगे चलकर तुम्हारे जैसी जागरूक व जिम्मेदार लड़कियाँ जब माँ बनेंगी, तभी शायद समाज में भेदभाव की इस स्थिति में कुछ बदलाव आ सकेगा। मैंने 'कुछ' इसलिए कहा कि यह समाज में बदलाव बहुत धीरे-धीरे आ रहा है। पूरी तरह आने में कई पीढ़ियाँ भी लग सकती हैं। तब तक वर्तमान स्थिति में से ही तुम जैसी लड़कियों को राह निकालनी होगी।

कैसे?

कहीं रूढ़ि बन गई गलत परंपराओं, जैसे—परिवार में लड़की के जन्म को अभिशाप समझकर शोक मनाना और लड़के के जन्म पर खुशियों व बधाइयों के आदान-प्रदान का अपने ढंग से विरोध करने के लिए अपनी नाराजगी जताना।

कॉलेज में 'रैगिंग' जैसी अमानवीय व हिंसक पद्धति का लड़कियों द्वारा सामूहिक विरोध करना।

घर में माँ द्वारा भेदभाव करने पर भी भाइयों से प्रतिद्वंद्विता के स्थान पर प्रेम रखना कि उनसे स्नेह-संरक्षण व सहयोग मिल सके।

जानती हो, अपनी आजादी की लड़ाई हम स्त्री-पुरुषों ने मिलकर साझे रूप में लड़ी थी। समान लक्ष्य के लिए मिलकर काम किया था, तभी तो आजादी मिलते ही हम स्त्रियों को समान संवैधानिक अधिकार मिले। उस साझी लड़ाई में

स्त्री-पुरुष सहयोग था, प्रतिद्वंद्विता नहीं; इसलिए लड़कियों-स्त्रियों के प्रति अपराध भी बहुत कम था। आजादी के बाद, बिना समाज में बुनियादी परिवर्तन या अधिकार-कर्तव्य में संतुलन लाए, जब केवल स्त्री-अधिकार को लेकर पुरुषों से प्रतिद्वंद्विता में, उनसे अपने अधिकारों की छीना-झपटी की जाने लगी, तो उनका आहत अहं बदले में आक्रामक हो उठा और सहयोग देने के बजाय उन्हें नीचा दिखाने के अवसर खोजने लगा।

क्रूरता की हद तक जानेवाली छेड़खानी की घटनाएँ, बलात्कार जैसी यौन-हिंसा, हत्या तक पुरुष के उसी आहत अहं का परिणाम हैं या आस-पास के वातावरण की उपज। बेशक ये अपवाद हों, पर दिनोदिन इन अपवादों की संख्या में वृद्धि स्त्री-अस्मिता के लिए खतरा है और राष्ट्रीय चिंता का विषय।

समाज से इस चिंता का निवारण लड़के-लड़कियों को परस्पर सहयोग से मिल-जुलकर ही करना होगा। बराबरी के दावे से नहीं, पूरकता के सिद्धांत से परस्पर सहयोग द्वारा, प्रतिद्वंद्विता की ललकार से नहीं। व्यक्तियों के चरित्र से ही समाज का चरित्र निर्धारित होता है। अच्छा या बुरा होना किसी का व्यक्तिगत मामला समझ लेने से ही समाज में यह गड़बड़ी आई है। अभिभावक सोच लेते हैं, चरित्र-निर्माण शिक्षण संस्थाओं का काम है। शिक्षण-संस्थान दोष अभिभावकों पर मढ़ देते हैं कि संस्कार घर से मिलने चाहिए। नतीजा—बच्चे टेलीविजन से, अखबारी खबरों से, सस्ती अश्लील पत्रिकाओं और फिल्मों से जो कुछ सीख रहे हैं, वैसा ही कर रहे हैं। समाज में अपेक्षित बदलाव कैसे आएगा? समाज का चरित्र-निर्माण कैसे होगा?

निश्चय ही बाजार से प्रेरित 'वैलेंटाइन डे', 'मदर डे', फैशन परेडों और सौंदर्य-प्रतियोगिताओं जैसे नए मूल्यों से नहीं। **स्त्री-अस्मिता अथवा नारी-सम्मान की रक्षा को 'घटिया मिडिल क्लास मानसिकता' कहकर इस प्रश्न की गंभीरता को कम करके और युवतियों द्वारा अस्थायी लोभ-लाभ में पड़, गलत समझौते कर, सफलता के 'शॉर्ट कट' रास्ते तलाशने से नहीं।**

समाज को बदलने के लिए नए युग के अनुरूप भी वे ही नए मूल्य तलाशने होंगे, जो अपनी जमीन से जोड़कर रखें और नारी-सम्मान की रक्षा करते हुए ही उसे प्रगति-पथ पर अग्रसर करें।

इन नए मूल्यों का निर्माण नए युग की युवी पीढ़ी को, लड़के-लड़कियों, दोनों को मिलकर ही करना होगा। उन लड़के-लड़कियों को, जिनका आज भी समाज में बहुमत है। **गुंडे-अपराधी किस्म के लड़के आज भी अल्पमत में हैं, यह तथ्य तो**

तुम लोगों को जानना ही है, यह भी समझना है कि अल्पमत के लोग बहुमत पर तभी हावी होकर उन्हें आतंकित करते हैं, जब तक उनका सामूहिक मुकाबला नहीं किया जाता। समूह-बल ही उन्हें सही रास्ते पर ला सकता है या उन्हें दंडित कर सकता है।

जरा सोचो, अगर आदिवासी लड़की सनतम्मया का कबीला उसका साथ देता तो क्या उसे आगे बढ़ने की यूँ सजा मिलती? इसी तरह मुंबई की, कोलकाता की, मध्य प्रदेश की जो लड़कियाँ वहशी गुंडे लड़कों की शिकार हुईं, यदि वे अकेले उनसे भिड़ने का जोखिम न उठाकर, अपनी सहेलियों, सहपाठिनों का समूह-बल लेकर उनसे मुकाबला करतीं तो उनके साथ ऐसा न घटित होता और वे अपनी लड़ाई भी जीतने में सफल होतीं।

इस विषय पर यहाँ ज्यादा विस्तार में जाने की गुंजाइश नहीं। संक्षेप में इतना ही फिर दुहराती हूँ कि **डरने-घबराने के बजाय, अपने भीतर आत्मबल जुटाना चाहिए और अपने से बाहर समूह-बल।** इस तरह सामयिक सुरक्षा-समस्या का समाधान संभव है। स्थायी समाधान तो लड़के-लड़कियों के परस्पर सहयोग से समाज में नए मानवीय मूल्यों की स्थापना से ही निकलेगा। इसके लिए अभिभावकों, शिक्षालयों, सामाजिक संस्थाओं और सरकार की साझी जिम्मेदारी है। पर वर्तमान समय में यह साझा माहौल नहीं बन पाता है तो कुछ लड़कियों को 'पहल' करके, लड़कों का सहयोग प्राप्त करके, कम-से-कम अपने कॉलेज-समूह को तो अच्छा वातावरण देना चाहिए। यही क्रम, एक-से-दूसरे कॉलेज से होता हुआ, निकट भविष्य में नए समाज के द्वार पर दस्तक दे सकता है।

बस, आज इतना ही। शेष बातें अगले पत्रों में···।

अपने समाचार देना और अपनी सहेलियों की प्रतिक्रिया भी लिखना।

—तुम्हारी माँ

□

देह और संदेह का रिश्ता

सुनो सुगंधा!

तुम्हारा पत्र मिला। मेरे पिछले पत्र ने तुम्हारे भीतर जिज्ञासा जगाई है, तुम्हें सचेत भी किया है और कुछ आक्रोशी भी बनाया है। यह स्वाभाविक है, क्योंकि तीनों बातें परस्पर असंबद्ध दिखती हैं। पर वास्तव में ऐसा है नहीं।

जिज्ञासा इस उम्र का स्वभाव है। यह सचेत भी कर सकती है और 'प्रयोग करके देखने' के नाम पर उलझा-भटका भी सकती है। आक्रोश भी इसलिए स्वाभाविक है कि तुम्हें लगा होगा, अपनों, नितांत अपनों और हितचिंतकों द्वारा अविश्वास या संदेह क्यों?

पर मैंने बुरा नहीं माना, क्योंकि मैं जानती हूँ **आक्रोश भी किशोर उम्र का स्वभाव है और आवेश भी। बहुत नाजुक और भावुक होती है यह उम्र।** जरा सी बात पर आवेश-आक्रोश से भर उठती है और जरा सी बात पर ठेस खाकर विह्वल भी हो जाती है।

इसमें ठहराव कम होता है, उतावली ज्यादा। ये उतावली, आवेश, आक्रोश ही किसी समय उसे खतरे में डाल देते हैं। इसलिए कहूँगी कि जरा ठहरकर मेरी बात ध्यान से सुनो। फिर ऊँच-नीच, भले-बुरे का फैसला तुम स्वयं ही कर लोगी।

तुम्हारी शिकायत थी कि संदेह क्यों? तुम्हारी शिकायत अपनी जगह ठीक है, उससे जुड़ा आक्रोश भी। पर, मैं तुम्हें बताना चाहती हूँ **कि देह से संदेह का भी एक रिश्ता होता है, जो इसी उम्र से शुरू होता है।** इन शुरुआती दिनों में इसीलिए **अभिभावकों की निगाहें चौकन्नी हो जाती हैं, विशेष रूप से लड़कियों के प्रति।**

तुम कहोगी, लड़कों के प्रति क्यों नहीं? इसलिए कि सदियों पुराना हमारे

समाज का ढाँचा, जिसमें लड़कियों के मुकाबले लड़कों को अनेक छूट प्राप्त हैं, अभी बदला नहीं है। बराबरी की माँगें उठाकर या नारे लगाकर इसे बदलना संभव भी नहीं है। एक तो इसलिए कि बहुत प्रगति, बहुत उदारता के बाद भी प्रकृतिदत्त अंतर बरकरार रहेगा। दूसरे, वैसी प्रगति, वैसी उदारता अभी हमारे समाज से बहुत दूर है; इसलिए अपने आचरण से ही लड़कियों को इस समाज में अपने अनुकूल राह बनानी होगी।

यों नारी-देह के साथ संदेह का रिश्ता लगभग जीवन भर चलता है, पर किशोरावस्था लाँघने के बाद यह रिश्ता शिथिल पड़ने लगता है। इसलिए कि तब समझ परिपक्व होती है, निर्णय-क्षमता विकसित हो जाती है और अनुभव द्वारा ऊँच-नीच देखने के लिए दृष्टि बहुत-कुछ साफ हो चुकी होती है। **उसके बाद यदि स्त्री के पाँव कहीं फिसलते हैं तो उसके लिए वह स्वयं दोषी होती है, वह ऐसा नहीं कह सकती कि उससे अनजाने में ऐसा हुआ। पर कोई किशोरी ऐसा न कहे, तब भी उससे जो कुछ होता है, अधिकतर अनजाने में उत्सुकतावश हो जाता है। परिणाम से वह अकसर अनभिज्ञ होती है।**

पर परिणाम जब सामने आता है तब सँभलने के लिए प्रायः देर हो चुकी होती है। अतः हर समझदार माँ का यह कर्तव्य है कि वह अपनी अबोध किशोरी बेटी को समय पर सब बताए और समय पर चेताए भी। बेटी बुरा माने, तब भी; क्योंकि वह अपना अच्छा-बुरा अभी जानती ही नहीं, तो उसे दोष कैसे दिया जाए?

किसी भावावेश में बेटी ने अपने भविष्य को दागनुमा बना लिया तो भी बेटी से अधिक माँ ही दोषी मानी जाएगी, जिसने उसे सही संस्कार नहीं दिया या समय पर सही राह नहीं दिखाई।

तुम तो जानती हो, पाठकीय समस्याओं की स्तंभ-लेखिका के नाते मेरे पास हर महीने किशोर पाठकों के ढेरों पत्र आते हैं। कुछ उदाहरण इस प्रकार हैं—

दसवीं की एक छात्रा की समस्या थी। उसे अपने सहपाठी से प्रेम है। यदि उसके पिता उसका विवाह उस सहपाठी से नहीं करेंगे तो वह आत्महत्या कर लेगा। उसके पिता ने धमकी दी है कि वह उनकी मरजी के बिना अपने सहपाठी से विवाह करेगी तो वे आत्महत्या कर लेंगे और इस समस्या का कोई हल न निकला तो वह लड़की स्वयं आत्महत्या कर लेगी। यानी किशोरावस्था के कथित प्रेम (वास्तव में यह प्रेम नहीं, केवल निकट संपर्क से उत्पन्न विपरीत-लिंगी आकर्षण होता है) को यदि विवाह में नहीं बदला गया तो तीन लोग अपनी जान

देने के लिए तैयार बैठे हैं। है न मूर्खता की हद!

समस्या को जन्म दिया किशोरी की नासमझी ने, जो अपनी पढ़ाई, कैरियर, माँ-बाप के प्यार-संरक्षण, सबको भूलकर, उम्र की सही समझ से पहले ही, इश्क के चक्कर में पड़ गई और समस्या को उलझाया उसके पिता ने, जो बेटी को ऊँच-नीच समझाकर, उसकी मदद, उसका मार्गदर्शन करने के बजाय, स्वयं आत्महत्या की धमकी पर उतर आए। क्या इस तरह कोई हल निकलता है?

दूसरा उदाहरण—बी.ए. प्रथम वर्ष की एक छात्रा सुंदर और प्रतिभावान् है। उसके पढ़ाई में आगे रहने, नाटकों में भाग लेने, वाद-विवाद प्रतियोगिताएँ जीतने के कारण कई अमीर लड़के उसे तरह-तरह से प्रभावित करने लगे; पर उसने दोस्ती के लिए चुना पढ़ाई में तेज एक सहपाठी को। किंतु वह लड़का अपने तेज दिमाग के कारण अन्य बातों में भी तेज-तर्रार व चालाक निकला।

कुछ मुलाकातों के बाद जब उसने छात्रा के घर फोन करके पूछा कि वह घर पर किस समय अकेली होती है तो लड़की का माथा ठनका। उसने समझदारी बरती और माँ को बताकर उनकी सलाह ली। माँ ने बेटी को आगाह किया। इसके बाद लड़की के घर पर उसका आना-जाना बंद कर दिया गया।

जब लड़की ने उसके साथ अकेले बाहर जाने या सिनेमा जाने से इनकार किया तो कुछ दोस्तों का 'ग्रुप' (या गिरोह) बनाकर उसने लड़की को घेरना और तंग करना शुरू कर दिया। लड़की ने जिन लड़कों को पहले घास नहीं डाली थी, वे यह जानकर खुश हुए और हमदर्दी जताते हुए लड़की के इर्द-गिर्द मँडराने लगे।

दोनों ओर से घिरकर लड़की ने फिर माँ की शरण ली और माँ की सलाह पर वह भी अपने जैसी कुछ अच्छी लड़कियों की टोली बनाकर समूह में रहने-चलने लगी। साथ ही आगे के लिए सतर्क होकर उसने संकल्प लिया कि पढ़ाई पूरी होने तक वह किसी लड़के से अंतरंग मित्रता नहीं करेगी और विवाह होने तक अपने अभिभावकों को विश्वास में लिये बिना कोई मैत्री-संबंध नहीं बनाएगी।

इस तरह, स्वयं लड़की की सूझ-समझदारी से बात बिगड़ने से बच गई। ठीक वक्त पर उसे माँ की सही सलाह मिल जाने से वह समय रहते सँभल गई। इससे न केवल उसकी तात्कालिक समस्या का समाधान हो गया, उसे पूरी पढ़ाई-अवधि के लिए घर से, कॉलेज से संरक्षण भी मिल गया।

यह तो तुम जानती होगी कि पढ़ाई के लिए निश्चिंतता जरूरी है और निश्चिंतता के लिए घर से संरक्षण व बाहर से सुरक्षा जरूरी है। हॉस्टल में रहकर घर

से दूरी के कारण घर–परिवार का संरक्षण प्रत्यक्ष नहीं मिल पाता। इसलिए पत्रों द्वारा ही तुम्हें यह प्रशिक्षण देकर मैं तुम्हें यह अप्रत्यक्ष संरक्षण प्रदान कर रही हूँ।

सुगंधा, यह विषय जितना नाजुक है उतना ही गंभीर भी। इसलिए कि एक लड़की के पूरे कैरियर, संपूर्ण भविष्य का प्रश्न इससे जुड़ा है। इसपर अभी कुछ और विस्तार से बात करना जरूरी है। तुम्हारी प्रतिक्रिया जानने के बाद अगले पत्र में इस चर्चा को आगे बढ़ाऊँगी। आज इतना ही। पत्र देना।

—तुम्हारी माँ

□

घटनाओं के पीछे की घटनाएँ

सुनो सुगंधा!

पत्र मिला। यह जानकर खुशी हुई कि जैसे मैंने तुम्हारे आक्रोश का बुरा नहीं माना था, उसी तरह तुमने भी मेरी सीख का बुरा नहीं माना। एक मूर्ख लड़की और एक समझदार लड़की के दोनों उदाहरणों को तुमने गंभीरता से लिया। मेरे पत्र को अपनी कुछ सहपाठिनों को भी पढ़वाया और इस विषय पर अपनी सहेलियों की एक अंतरंग गोष्ठी में चर्चा करके तुम लोगों ने कुछ महत्त्वपूर्ण निर्णय भी लिये।

अब तो मुझे तुम्हारी ओर से पूरी तरह निश्चिंत हो जाना चाहिए। फिर भी माँ हूँ तो घर से दूर रहनेवाली बेटी की कुछ-न-कुछ चिंता तो लगाए ही रहूँगी न! इसलिए पत्रों का यह सिलसिला भी इसी तरह चलाए रखना चाहूँगी।

यह तुमने अच्छा किया कि अपनी सहेली रचना के साथ घटी घटना को सहेलियों की इस अंतरंग गोष्ठी में भी उजागर नहीं किया। यह अच्छी बात है। जानकर अच्छा लगा कि रचना तब से सँभल गई है, सतर्क रहती है और तुम्हारी बात मानने लगी है। तुम्हारी अंतरंग सहेलियों के ग्रुप में अब फिर वह उसी तरह शामिल होने लगी है।

यही तो मैं कहती थी कि ऐसे आश्वस्त करनेवाले मैत्री-व्यवहार भी किशोर-किशोरियों को सँभलने में बहुत मदद करते हैं, अन्यथा उस हादसे के बाद रचना टूट जाती या दोबारा भटक जाती। यह भी हो सकता था कि लांछना-बदनामी के भय से कॉलेज की पढ़ाई बीच में ही छोड़कर घर बैठ जाती।

पिछले पत्र में दिए गए दूसरे उदाहरणवाली लड़की भी अगर शर्म या डर के मारे अपनी माँ से घटना छुपा लेती तो बाद में परेशानी में पड़ सकती थी। दोनों ओर से लड़कों के दो समूहों की आपसी प्रतिद्वंद्विता से घिरकर या तो वह किसी हादसे का शिकार हो जाती या फिर डरकर कॉलेज जाना बंद कर देती और उसका कैरियर

चौपट हो जाता। खैर, यह प्रसंग अब यहीं समाप्त करती हूँ।

पर तुमने और तुम्हारी अंतरंग सहेलियों ने भी यह जिज्ञासा प्रकट की है कि पिछले पत्र के अपने वादे के अनुसार मैं इस चर्चा को आगे बढ़ाऊँ। तो बेहिचक बताना चाहती हूँ कि **मेरी डाक में आनेवाले किशोरियों के समस्या-पत्रों में से लगभग पचास प्रतिशत केवल इस समस्या और इससे उत्पन्न भय के बारे में होते हैं कि 'विवाह के बाद पति को पता चल गया तो क्या होगा?' यानी विवाह-पूर्व अपने कौमार्य को, अपनी अस्मिता को जाने-अनजाने, चाहे-अनचाहे खो देने से उपजा भय। एक मानसिक ग्लानि, जो भीतरी अपराध-चेतना के कारण कहीं-कहीं मानसिक विकृति तक जा पहुँचती है।**

किन्हीं मामलों में तो यह विकृति आत्महत्या तक भी ले जाती है, क्योंकि व्यक्ति बाहरी समाज से, परिवार से चाहे छिपा ले जाए, अपने आप से तो नहीं छिपा सकता? भीतर-ही-भीतर एक अपराध-बोध, एक पाप-चेतना, एक हीनभावना उसे सालती रहती है। इसी से उपजता है भय। इसी से उपजती है चिंता। चिंता, जो बढ़ते-बढ़ते दुश्चिंता में बदलकर मानसिक विकृति का रूप ले लेती है और फिर दुश्चिंता (एंग्जाइटी) बढ़ने पर जब अवसाद (डिप्रेशन) आ घेरता है तो अगली बात आत्महत्या तक भी ले जा सकती है।

मेरा मतलब तुम्हें भयभीत करना नहीं, पर तुम लोग अभी अबोध हो। घटनाओं के पीछे की घटनाएँ जानती नहीं हो। मगर मैं अपने वर्षों के अध्ययन और अनुभव से जानती हूँ कि आजकल मनोवैज्ञानिकों, मनोविश्लेषकों और मन:चिकित्सकों की 'केस-फाइलों' में दर्ज होनेवाले आधे से अधिक मामले ऐसे अबूझे भय के परिणाम ही होते हैं।

इसी तरह समाचार-पत्रों में आए दिन छपनेवाले कथित दहेज-हत्याओं, आत्महत्याओं के मामलों के पीछे दहेज-कारण का प्रतिशत बहुत कम होता है। अधिकतर तो इनके पीछे विवाह-पूर्व के या विवाहोत्तर अवैध संबंधों की सच्ची-झूठी कहानियाँ होती हैं या फिर पति-पत्नी के अपने अहं के टकराव से परस्पर निबाहवाली स्थितियों का अभाव। और सही कारण सामने न आने पर कहीं लड़कीवालों द्वारा, कहीं कुछ महिला-संस्थाओं द्वारा, तो कहीं वकीलों द्वारा दहेज-मामला बना दिया जाता है। सबके अपने-अपने हित व स्वार्थ इससे जुड़े रहते हैं, इसलिए।

अब तुम कहोगी कि अवैध संबंधों की सच्ची कहानियों के कारण तो हत्याओं-आत्महत्याओं की बात समझ में आती है, झूठी संबंध-कहानियों के कारण

कैसे ? मैं इसका भी खुलासा करती हूँ—वही देह और संदेहवाली बात।

भारतीय समाज में प्रचलित एक बहुत पुरानी कहावत है, 'एक मछली सारे तालाब को गंदा करती है।' आज के कथित प्रगतिशील समाज में इस तथ्य की प्रासंगिकता न मानी जाए, पर तथ्य अपनी जगह स्थिर है।

इसी तरह भारतीय समाज में, स्त्री-पुरुष संबंधों के मामलों में समाज द्वारा पुरुष के प्रति पक्षपात की दृष्टि भी लगभग वहीं स्थिर है। तमाम शैक्षणिक प्रगति और जागरूकता के बावजूद, वह आज भी नारी जाति के प्रति उतनी ही अनुदार है। विशेष अंतर उसमें नहीं आ पाया है। फिर जब एक 'मछली' की जगह मछलियों की संख्या दस-बीस हो जाए—यानी अपनी कमजोरीवश, मोहवश, भावुकतावश वह कहीं फिसल जाए या स्वार्थवश गलत समझौते करने लगे, तो प्रकृति व समाज दोनों से छूट प्राप्त पुरुष तो इसका अनुचित लाभ लेगा ही। परिणाम होता है, शेष अस्सी-नब्बे प्रतिशत भली लड़कियों, स्त्रियों का भी संदेह के घेरे में आ जाना और बिना कुछ किए भी सजा पा जाना।

सच्ची-झूठी कहानियों से मेरा तात्पर्य इन कुछ प्रतिशत सच्ची कहानियों से था और शेष केवल संदेह से उपजी झूठी कहानियों से। तुम लोगों के सोचने की बात यही है कि जब देह के साथ जुड़े संदेह का रिश्ता इस कदर भी कहर ढा सकता है, तो फूँक-फूँककर कदम क्यों न रखा जाए! किसी तरह के संदेह की नौबत ही क्यों आने दी जाए ? अब किए की सजा क्यों पाई जाए ?

छिपी बात खुल जाने या केवल संदेह के कारण लड़कियों के भावी दांपत्य जीवन में दरार पड़ने का ही भय नहीं रहता, अपने परिवार या ससुराल पक्ष से उनके अपमानित होने का ही अंदेशा नहीं होता, बाहरी समाज में भी उन्हें सस्ती या 'सहज उपलब्ध' समझ लिये जाने का खतरा उनके सिर पर मँडराने लगता है। इसलिए भी आज समाज में अपहरण, बलात्कार के हादसे बढ़ गए हैं।

इन सभी मामलों के पीछे प्रायः दस-बीस प्रतिशत वही फिसलन की कहानियाँ होती हैं और शेष अस्सी-नब्बे प्रतिशत बेचारी निर्दोष स्त्रियाँ केवल संदेह की चपेट में आ जाया करती हैं या फिर अकारण अनजाने आक्रमण की शिकार होकर समाज के भूखे भेड़ियों का ग्रास बनती हैं।

यों इन हादसों के पीछे अन्य कारण भी होते हैं, पर उनके विवरण में जाने की यहाँ गुंजाइश नहीं। तुम लोगों को तो बस इतना ही जानना-समझना है कि माँ-बाप की इज्जत की खातिर ही नहीं, अपनी इज्जत-अस्मिता के लिए और घर-बाहर, सभी जगह अपनी सुरक्षा के लिए भी किशोरियों को सँभलकर चलना है।

यही नहीं, अपने भीतर के 'सर्वोत्तम' को अपने 'सर्वाधिक प्रिय' के लिए सँजोकर-सँभालकर भी रखना है—उससे भी पहले अपने लिए, क्योंकि अपने 'स्व', अपने 'स्वाभिमान' से ऊपर संसार में कुछ भी नहीं—कोई बड़े-से-बड़ा प्रलोभन भी नहीं।

क्या आज इतना काफी नहीं ? शेष फिर।

—तुम्हारी माँ

□

घरों में छिपे भेड़ियों से भी सावधानी अपेक्षित

सुनो सुगंधा,

पिछले पत्र में मैंने तुम्हें बताया था कि स्त्रियों पर अन्याय-अत्याचार की कहानियों के पीछे वे ही कारण नहीं होते, जो बताए जाते हैं। दहेज-मौतों तक की घटनाओं के पीछे भी ऐसी छिपी घटनाएँ होती हैं, जिनकी कहानियाँ प्राय: सामने नहीं आतीं और समाज में अनावश्यक सनसनी व दहशत फैलती रहती है। इसे फैलाने में अफवाहों का और सनसनीखेज पत्र-पत्रिकाओं का भी काफी हाथ रहता है। बिना छानबीन के मनगढ़ंत कहानियाँ फैलानेवाले यह नहीं सोचते कि कच्ची उम्र की उन किशोरियों पर इसका क्या दुष्प्रभाव पड़ेगा, जो यूँ भी घरों में दिए रूढ़िगत संस्कारों के कारण ससुराल को हौवा समझ उससे भय खाती हैं?

बहरहाल, इस विषय पर व्यापक अध्ययन और विस्तृत अन्वेषण-विश्लेषण का काम शोधार्थियों और समाजशास्त्रियों का है, किशोरियों का नहीं। फिर भी तुम लोगों के लिए यह जानना तो जरूरी है कि इन घटनाओं या दुर्घटनाओं के पीछे कौन से विभिन्न कारण होते हैं, जिनका कुछ संकेत पहले एक पत्र में दिया जा चुका है। यहाँ उन हादसों से बचने के लिए क्या सतर्कता जरूरी है, मैं अपनी चर्चा आज इसी पर केंद्रित करना चाहूँगी।

किशोरियाँ क्या करें कि समाज का वातावरण स्वच्छ रहे और यौन-अपराध के आँकड़े कम हों? यह जो चारों ओर आतंक-असुरक्षा का माहौल बन गया है, इसमें से अपनी राह कैसे निकालें?

तुम कहोगी, यह तो सरकार का या पुलिस का काम है, हम लड़कियाँ भला इसमें क्या कर सकती हैं?

नहीं सुगंधा, ऐसा सोचना गलत होगा। अपनी जिम्मेदारी से पलायन होगा। व्यक्तिगत स्तर पर हर एक की अपनी जिम्मेदारी होती है कि हर कदम पर

सावधानी बरतकर अपनी सुरक्षा आप करें और हादसों के लिए राह न छोड़ें। सामूहिक स्तर पर हमारी साझी जिम्मेदारी होती है कि हालात का मिलकर मुकाबला करें। वक्त पर अन्याय-अत्याचार के खिलाफ जंग भी छेड़ें कि अत्याचारी साफ बचकर न निकल जाए। उसे दंड भी मिले।

तुम्हारी नई सहेली साक्षी की समस्या सुनकर मुझे दुःख तो हुआ, किंतु आश्चर्य नहीं। आज हमारे समाज का इतना नैतिक पतन हो चुका है कि ऐसी दुर्दम घटनाएँ भी आम हो चली हैं और प्राय: घरों के भीतर घटनेवाली ये घटनाएँ सामने आ ही नहीं पातीं। अकसर घर की इज्जत के नाम पर छुपा ली जाती हैं। न पुलिस में रिपोर्ट की जाती है, न अपराधी को सामाजिक दंड मिल पाता है। जीवन बरबाद होता है, बेचारी निर्दोष किशोरियों का।

इसके लिए साक्षी को भी दोष नहीं दिया जा सकता। उसपर जो बीती, उससे हमारे मन में उसके लिए हमदर्दी ही उपजती है; पर क्या हम केवल हमदर्दी जताकर बात को यहीं खत्म कर दें? नहीं, ऐसे समय उसे अकेला छोड़ देना ठीक नहीं होगा। ऐसे तो वह घुट-घुटकर मर जाएगी या घबराकर आत्महत्या कर लेगी। हमें उसके भीतर साहस भरना है। उसकी हर संभव सहायता करनी है।

घर के रक्षक के ही भक्षक बन जाने पर उसकी समस्या का समाधान आसान नहीं है, जबकि माँ भी बात को छुपा लेना चाहती है। इस गंभीर समस्या से किसी भी तरह उसे निबटना ही होगा।

साक्षी का बाप तो सौतेला है। आजकल समस्या-पत्रों में हर रोज और समाचार-पत्रों में आए दिन ऐसी घटनाएँ सामने आ रही हैं कि लड़कियाँ घरों के भीतर भी सुरक्षित नहीं हैं। चाचा, मामा, उनके बेटे जैसे निकट रिश्तेदार, जीजा, पड़ोसी पुरुष ही नहीं, कहीं-कहीं सगे भाई और पिता भी ऐसी हरकतों पर उतर आते हैं। घरों के भीतर ऐसे छिपे भेड़ियों की दिनोदिन बढ़ती संख्या देखकर अब तो हमें अपने आपको 'भारतीय' कहने पर भी शर्म आने लगी है।

पटरी पर बिकनेवाला सस्ता सेक्सी साहित्य, फिल्मों में व्याप्त हिंसा और यौन-हिंसा, खुले सेक्सी दृश्य-ब्लू फिल्में तक सभी यही सामाजिक प्रदूषण फैला रहे हैं। टेलीविजन सीरियलों में जैसे अवैध संबंधों की बाढ़ आई हुई है। केबल के रास्ते अपसंस्कृति के इस आकाशीय हमले ने रही-सही कसर पूरी कर दी है। ब्लू फिल्म तो कोई-कोई चोरी-छिपे देखता है। इस केबल पर घरों के भीतर रोक कैसे लगाई जाए? जब छोटे-छोटे बच्चे भी वक्त से पहले सबकुछ देख-सुन रहे हैं और अपनी कच्ची समझ से उसके उलटे-सीधे अर्थ निकाल रहे हैं, तो किशोर-

किशोरियों की तो बात ही क्या! जिज्ञासा भरे इस वय:संधिकाल में, सही वातावरण और सही यौन-शिक्षा के अभाव में, क्या कुछ नहीं हो सकता?

हमारे घर-परिवार की सारी गोपनीयता भंग हो गई है। अपराधी प्रवृत्ति का, शराबी रिश्तेदार उत्तेजक दृश्य देखकर घर के भीतर ही शिकार खोजने लगता है। विशेष रूप से तब जब माँ लापरवाह हो और अकेले घर में लड़की साथ बैठकर उत्तेजक दृश्य देख रही हो। जब समाज में नैतिक परंपराओं का इस कदर ह्रास होगा और घरों में बड़े-बुजुर्गों का एवं समाज में संजीदा किस्म के जिम्मेदार नागरिकों का नियंत्रण समाप्त हो जाएगा, तो बड़े-छोटे सबको पतन के गर्त में गिरने से कौन रोक सकता है?

दोषी सरकारें या उनकी नीतियाँ ही नहीं, हम सब नागरिक भी उतने ही दोषी हैं, बल्कि मैं कहूँगी ज्यादा कि हम क्यों आँखें मूँदे यह सब सहन करते हैं? क्या कछुए की तरह गरदन अंदर कर, आँखें मूँद लेने से समाधान हमें मिल जाएँगे? नहीं, इस पलायनवाद से हरगिज नहीं। बेशक सब चुप न बैठे हों, समय-समय पर इसके खिलाफ आवाज उठाते रहते हों, पर इतना ही पर्याप्त नहीं है। घटना के तुरंत बाद सामूहिक प्रतिक्रिया हो तो हल भी निकलता है, दोषी को सजा भी मिलती है।

औरों की बात छोड़ो, क्या वे लड़कियाँ भी दोषी नहीं, जो अर्धनंगी तसवीरें खिंचवाती हैं? पैसे के लिए, कुछ सुविधाओं के लिए गलत समझौते करती हैं। क्या उनके इस सुविधा-भोग से अन्य भली लड़कियों के लिए कठिनाइयाँ उपस्थित नहीं होतीं? देह और संदेह के संदर्भ में मैं पहले भी इस समस्या को उठा चुकी हूँ कि कैसे कुछ प्रतिशत द्वारा अनुचित लाभ उठाने की यह प्रवृत्ति अन्य बहुसंख्यक लड़कियों को संदेह के घेरे में ले आती है।

हम (दर्शक और पाठक) सनसनीखेज पत्रकारिता द्वारा फैलाई जा रही उन कहानियों को चटखारे ले-लेकर पढ़ने-सुनने में मजा क्यों लेते हैं? अच्छी सकारात्मक घटनाओं या लड़कियों की बहादुरी की कहानियों को सामने क्यों नहीं लाते? उन्हें प्रचारित-प्रसारित क्यों नहीं करते कि दूसरी लड़कियाँ भी प्रेरित होकर वैसी हिम्मत जुटाएँ! उलटे उन्हें डराकर चुप लगा जाने के लिए क्यों कहते हैं? व्यक्तिगत विरोध पर ही सामूहिक मुकाबले की राह खुलेगी—है कि नहीं?

हालात सुधरने तक प्रतीक्षा नहीं की जा सकती। माँएँ संस्कार नए ढंग से दें तो भी वातावरण-सुधार में एक पूरी पीढ़ी लग जाएगी। तब तक हाथ पर हाथ धरे तो नहीं बैठ सकते? पारिवारिक स्तर पर हर माँ को और घरों से बाहर हर जगह हर लड़की को अपनी सुरक्षा आप करने की प्राथमिक जिम्मेदारी लेनी होगी। पहले

सावधानी ही अपेक्षित है। सामूहिक विरोध की बात तो घटना के बाद ही उठेगी न?

अकसर शिकारी एकाएक हमला नहीं करता। पहले कुछ संकेत देता है। संभावना टटोलता है। कुछ लालच देकर फुसलाता है। कुछ छोटी-मोटी हरकतें करके उनकी प्रतिक्रिया देखता है। लड़की शर्म के मारे या अन्य किसी कारण से चुप रहती है, तभी उसकी आगे बढ़ने की हिम्मत होती है। इस स्तर पर ही लड़की को सतर्क हो जाना चाहिए। उसके सामने अकेले नहीं पड़ना चाहिए। उसके साथ कहीं अकेले जाने का प्रस्ताव हो तो बहाने से मना कर दें या दृढ़ता से जवाब दें कि वह आगे बढ़ने से डरे। कभी घर में अकेले रहना भी पड़े तो माँ को बता देना चाहिए कि वह उसकी सुरक्षा का उपाय करके जाए।

शर्म के मारे या बदनामी के भय से चुप लगाना ठीक नहीं। कभी अचानक भी कुछ घट जाए तो हादसे को लेकर ग्लानिवश कुछ कर बैठना भी ठीक नहीं। न घर से भाग जाना ही उचित होगा। लड़की को अकेले पुलिस स्टेशन भी नहीं जाना चाहिए। कहीं कोई सुरक्षा की गारंटी नहीं। शोर मचाकर अपराधी को भगाएँ या पकड़वाएँ। चाहे वह कितना ही निकट रिश्तेदार क्यों न हो, उसे सबके सामने जलील करना चाहिए।

उसके बाद सबसे पहले माँ को बताकर अपनी सुरक्षा का पुख्ता इंतजाम करना चाहिए। इज्जत के नाम पर माँ भी चुप लगाने को कहे तो चुप न रहें। समीप की किसी महिला संस्था की मदद लेकर अपराधी को दंड जरूर दिलवाएँ, फिर वह कानूनी दंड हो या सामाजिक। 'लड़की के विवाह में अड़चन आएगी', अकसर ऐसा कहकर माँ-बाप व अन्य रिश्तेदार ही चुप लगा जाने के लिए जोर डालते हैं; इसलिए सावधानी बरतते हुए भी, महिला संस्था की मदद लेने की सलाह दी जा रही है कि वे लोग मामले को तटस्थ दृष्टि से देखेंगी व घरवालों पर दबाव बनाकर मामले को सुलझाएँगी।

अधिकतर ऐसे अपराधी भीतर से कमजोर होते हैं। कोई भी पति अपनी पत्नी के सामने और कोई भी बेटा अपनी माँ के सामने जलील नहीं होना चाहता। इसलिए बदनामी का भय दिखाकर अकसर लड़की को चुप लगा जाने के लिए कहता है, पर बदनामी का यह भय इस रिश्तेदार को भी तो है, इसलिए उसे 'ब्लैकमेल' करने की धमकी का इस्तेमाल न करने दें, स्वयं अपने इस रक्षा-कवच का इस्तेमाल करें। लड़की तो कई बार झूठा शोर मचाकर भी शरारती लड़के को पकड़वा सकती है, फिर उसकी सच्ची शिकायत क्यों नहीं सुनी जाएगी?

गांधीजी ने भी लड़कियों को मंत्र दिया था—'शोर मचाएँ। उसे खरी-खोटी

सुनाकर शर्मिंदा करें। समीप की कोई भी चीज उठाकर उसपर दे मारें। उसके मुँह पर थूकें। उसके हाथ पर जोर से काट खाएँ।' इससे उसे ही नहीं, उसके जैसे अन्य भेड़ियों को भी सबक मिलेगा।

अब वह वक्त नहीं रहा कि उलटे इसके लिए लड़की ही दोषी ठहराई जाए। समाज तुरंत प्रतिक्रिया कर उसके पक्ष में खड़ा हो जाता है और 'यह हुई न बात!' कहकर उसकी हिम्मत की दाद देता है। अत: बात खुलने पर लड़की ही बदनाम होगी, अब इस बात में कोई दम नहीं रहा। जूडो सीखी लड़की तो उसे अच्छी-खासी पटकनी भी दे सकती है, इसके बाद उसे शाबाशी ही मिलेगी।

तब भी बदले की भावना से शिकारी घात लगाकर दोबारा वार कर सकता है, इसलिए सतर्क तो रहना ही होगा। घर में माँ को व स्कूल-कॉलेज में प्रिंसीपल को जरूर बताकर रखें और सहेलियों के साथ समूह में चलें। अकेले निकलकर (उसे ललकारें तो हरगिज नहीं) अपराधी को दूसरा मौका देना किसी भी तरह उचित नहीं होगा। घर में माँ न हो तो भाभी, बड़ी बहन, किसी रिश्तेदार महिला को बताएँ व संरक्षण प्राप्त करें कि उस अपराधी को ब्लैकमेल करने का अवसर ही न मिले।

साक्षी के लिए मेरी सलाह है कि वह छुट्टियों में तब तक घर जाने को राजी न हो जब तक कि उसकी माँ सौतेले बाप से उसकी सुरक्षा का स्वयं जिम्मा न ले। फिर पढ़ाई पूरी होने के तुरंत बाद उसकी शादी हो जाए, ऐसा इंतजाम उसे माँ से स्पष्ट कहकर करा लेना चाहिए। अगले प्रशिक्षण या नौकरी का प्रबंध विवाह के बाद भी किया जा सकता है।

छुट्टियों में वह किसी रिश्तेदार के घर रहकर अपनी सुरक्षा का इंतजाम न कर सके, तो माँ की अनुमति लेकर, तुम्हारे साथ मेरे घर रह सकती है। मैं तुम्हारे पापा को समझा लूँगी व उसकी मदद करके मुझे खुशी ही होगी। पहली बात यह है कि इस हादसे को भूलने के लिए वह सहज-सामान्य रहे और हर समय व्यस्त रहे। ऐसा न हो कि इधर वह घुट-घुटकर जिए और बाद में उसका विवाह असफल हो जाए। एक अंतरंग सहेली के नाते ऐसे समय उसे सँभालना व सामान्य करना तुम्हारी ही जिम्मेदारी है।

उसे मेरा यह पत्र पढ़वा देना, फिर भी उसे कुछ और पूछना हो तो वह मुझे सीधे पत्र लिख सकती है। मैं उसकी हर संभव सहायता के लिए तैयार हूँ।

प्यार व ढेर सी शुभकामनाओं के साथ,

—तुम्हारी माँ

□

घर से बाहर बचाव

सुनो सुगंधा,

पिछले पत्र में मैंने तुम्हारी नई सहेली साक्षी के प्रसंग में घर के भीतर के लोगों द्वारा किशोरी लड़कियों पर होनेवाले अत्याचार के बारे में बताया था। उसी संदर्भ में यह भी कि ऐसी स्थिति सामने आने पर लड़कियाँ क्या करें? इसके पूर्व छेड़खानी विषय पर चर्चा में भी मैंने छेड़खानी के संस्कारगत मनोवैज्ञानिक कारणों पर प्रकाश डालते हुए कहा था कि यह समस्या प्रतिद्वंद्विता से बढ़ेगी, जबकि लड़के-लड़कियों के परस्पर सहयोग से हल होगी।

समाज में बुनियादी परिवर्तन एकाएक नहीं लाया जा सकता, इसके भी सामाजिक-मनोवैज्ञानिक कारण हैं। तब तक लड़कियों को व्यक्तिगत स्तर पर अपना आत्मविश्वास बढ़ाने और साहसी व निडर बनकर स्थिति को सँभालने की राय दी गई थी। ऐसी स्थिति न आए, इसके लिए कुछ सावधानियाँ बरतने और आगे पड़कर अकेले सामनेवाले गुंडा किस्म के लड़के को ललकारने या उससे भिड़ जाने के बजाय सामूहिक रूप से स्थिति से निबटने के लिए भी कहा गया था।

इस बार मैं उसी संदर्भ को घर व कॉलेज से बाहर के क्षेत्रों में आगे बढ़ाते हुए, यह बताना चाहती हूँ कि अकेली लड़कियाँ बाहर ऐसी स्थितियों का मुकाबला कैसे करें? आओ देखें, क्या-क्या सावधानियाँ बरती जा सकती हैं—

- महिलाओं से संबंधित अपराध कहीं भी घटित हों, उस समय जरूरी नहीं कि पुलिस वहाँ कहीं आस-पास हो या बचाव के लिए लोग मौजूद हों; इसलिए बदमाशों से बचने के लिए पहली जरूरत है—समय पर धीरज न खोना और तुरंत बुद्धि लड़ाकर स्वयं ही उपयुक्त बचावी उपाय सोचना। आत्मरक्षा का पहला पाठ यहीं से शुरू होता है कि आप तत्काल बुद्धि से क्या उपाय सोच पाती हैं?

- उपाय की सफलता इस बात पर निर्भर करेगी कि आप हिम्मत रखकर अपराधी से मजबूती से पेश आएँ, न कि स्वयं को अकेली, असहाय पाकर थरथर काँपने या गिड़गिड़ाने लगें, इससे तो उस गुंडे की हिम्मत और बढ़ेगी और वह निडर हो जाएगा।
- छेड़छाड़ शब्दों तक सीमित हो तो अकेली रहने पर उसे नजरअंदाज करते हुए निकल जाएँ, व्यर्थ में चिल्लाकर तमाशा न बनें। वह पीछा करे तो वहीं तक जाएँ, जहाँ जाकर कुछ लोगों की मदद ली जा सके। तब आस-पास जुटे लोगों की मदद से उसे सबक सिखा सकती हैं कि आगे वह किसी लड़की की राह न रोके।
- आज यह सीख अपना महत्त्व खो चुकी है कि बाहर निकलकर लड़कियों को सदा अपनी निगाह नीची रखकर चलना चाहिए, इसके बजाय अकेली बाहर निकलने पर अपने चारों ओर सतर्क निगाह रखनी होती है, लगे कि कोई पीछा कर रहा है तो उसकी पदचाप को अनदेखा करने के बजाय एक बार पीछे मुड़कर, उसकी आँखों में आँखें डालकर एक मजबूत, भरपूर निगाह से उसे देखिए कि वह सहम जाए और समझकर अपना रास्ता बदल ले। समझदारी इसी में है कि जहाँ सुई से काम चले, वहाँ तलवार न निकालनी पड़े। इसके बाद तो स्थिति देखकर उपयुक्त कदम उठाना ही होगा। आगे बढ़कर नजदीक से जो मदद मिल सके, उसे हासिल करें।
- छेड़छाड़ करनेवाले के लिए भी यों भारतीय दंड संहिता की धारा 509 व 354 में दंड और जुर्माने, दोनों की व्यवस्था है, पर इसका प्रयोग जरूरी होने पर ही करना चाहिए। मामूली बात पर घबराकर व्यर्थ के झमेले में पड़ना ठीक नहीं, पर जरूरत पर नजदीक के लोगों की मदद जरूर लें और कहीं कुछ ज्यादती की शिकार हो जाएँ तो समीप की पुलिस चौकी में घटना की रिपोर्ट भी जरूर लिखाएँ। घर पास हो तो घरवालों को साथ लेकर, घर से दूर हों तो समीप के मदद करनेवाले लोगों को साथ लेकर। बहुत मजबूरी के अलावा अकेली रपट लिखाने न जाएँ।
- सुनसान सड़क पर जाते समय लड़कियाँ अकसर घर पहुँचने की जल्दी में कारों में लिफ्ट माँग लेती हैं। पहले तो जब तक आने-जाने का कोई साधन उपलब्ध हो, लिफ्ट लेने का जोखिम मोल नहीं लेना चाहिए। कार रोककर मदद करनेवाले 'देवदूत' ही बाद में अकेली लड़कियों को अकसर परेशान करने लगते हैं और कुछ नहीं तो मीठी-मीठी बातों में

उलझाकर घर का पता जान लेंगे और अगली मुलाकात के लिए समय भी तय कर लेंगे।

- ऐसे इरादों को भाँपकर न तो उस अनजान व्यक्ति से निजी बातचीत करें, न उसे घर तक छोड़ने के लिए कहें, न उसे अपने घर का पता दें। अकेली होने पर कार से लिफ्ट लेने के बजाय, स्कूटर से लेना अधिक सुरक्षित है। बेवजह लिफ्ट न लें। जरूरी होने पर भी देखें कि कार काले शीशेवाली तो नहीं ? बीच राह में संदेह उत्पन्न होने पर कार रुकवाकर ऐसी जगह पर बहाने से उतर जाएँ कि 'आपको यहाँ एक काम है', और वह जगह सुनसान न हो, कुछ लोग जरूर दिखाई दे रहे हों। किसी बस-स्टॉप के नजदीक जाकर भी चालक को धन्यवाद देकर उतर सकती हैं। फिर भी बस न चले तो सड़क के किनारे लोग देखकर तुरंत जोर से चिल्लाएँ कि वे लोग आपके बचाव के लिए आगे आ सकें।
- अकसर अधनंगी पोशाकों में मॉड किस्म की लड़कियाँ ही बेजरूरत लिफ्ट माँगती हैं और खतरा बढ़ता है सभी लड़कियों के लिए। वही देह और संदेहवाली बात। इसलिए सावधानी अपेक्षित है, बाहर निकलते समय पोशाक की भी और शालीनता के साथ शिष्ट इनकार की भी।
- आक्रमणकारी का इरादा सोने की चेन-चूड़ी आदि झपटने का हो और उसके पास हथियार हो तो अकेले मुकाबला करने के बजाय चेन, अँगूठी, चूड़ी आदि देकर जान बचा लेने में ही बुद्धिमानी होगी। छात्राओं को तो मेरी सलाह है कि वे आभूषण न पहनें। पहनें भी तो कृत्रिम कि समय पर आसानी से दिए भी जा सकें।
- पर आक्रमणकारी का इरादा अपहरण का हो तो उसका अगला कदम बलात्कार भी हो सकता है। तब चौकन्ना हो जाना चाहिए और हर संभव उपाय सोचना चाहिए। प्रथम तो अपहरणकर्ता की पूरी पहचान दिमाग में सँजोएँ कि वक्त आने पर पुलिस को उसका हुलिया बयान कर सकें। मार्ग में कहीं भी किसी तरह बच निकलने का मार्ग सूझे तो तुरंत पास के किसी मकान, रेस्त्राँ, मंदिर आदि में घुसकर वहाँ के लोगों से बचाव के लिए शरण माँगें। पुलिस का तो यहाँ तक कहना है कि घर के भीतर रहनेवालों का तुरंत ध्यान खींचने के लिए खिड़की का शीशा तोड़ना पड़े तो वह भी पत्थर मारकर तोड़ने से न झिझकें, बाद में अपनी मजबूरी बताकर क्षमा माँग लें और शीशे के पैसे भर दें। यह कीमत जान व अस्मिता से भारी तो

हरगिज नहीं होगी।

- बलात्कारी की नीयत भाँपकर आत्मरक्षा का हर संभव कदम उठाएँ। फिर भी कहीं विवश हो जाएँ तो घरवालों से, डर या शर्म के मारे, कुछ न छिपाएँ, वरना बलात्कारी की आगे हिम्मत बढ़ेगी और वह 'ब्लैमेलिंग' पर उतर आएगा। घरवाले मामले को इज्जत के नाम पर दबा देना चाहें तो खुद हिम्मत करके आगे आएँ व किसी महिला संस्था की मदद से अपराधी को सजा दिलवाने की कोशिश करें। यहाँ भी अकेली जाकर थाने में रिपोर्ट लिखाने के बजाय मैं किसी रिश्तेदार, पड़ोसी, विश्वस्त साथी को साथ लेने की सलाह दूँगी कि कई बार बेकसूर लड़की पर भी चरित्रहीनता का दोष रख थानेवाले ही उससे दुर्व्यवहार कर सकते हैं।
- कॉलेज परिसर में ऐसा हादसा हो तो कॉलेज प्रशासन को इसकी खबर कर उनकी मदद से काररवाई की जानी चाहिए। कोई काररवाई न की जाए तो सहेलियों का समूह उन्हें ऐसा करने पर विवश कर सकता है कि लड़की को न्याय मिले और अन्य लड़कियों को भी सुरक्षा का माहौल मिल सके। केवल इज्जत के भय से चुप लगा जाना ठीक नहीं। वर्तमान समय में ऐसी झूठी इज्जत की कोई अहमियत भी नहीं। लड़की को उलटे अधिक सजा भुगतनी पड़ सकती है, जबकि अपराधी को पकड़वाने पर लड़की की हिम्मत की दाद दी जाएगी। उसकी प्रेरणा से अन्य लड़कियों को बल मिलेगा, जिससे लड़की की समाज में इज्जत ही बढ़ेगी। बेइज्जती की बात वहीं प्रासंगिक होती है, जब ऐसे मामले के पीछे स्वयं लड़की के प्रेम-प्रसंग की या उसकी किसी अन्य दुर्बलता की कहानी जुड़ी हो।
- पराए शहर में पढ़ते समय या नौकरी करते समय कॉलेज-हॉस्टल में अथवा कामकाजी महिला हॉस्टल में जगह न मिले तो किसी भले परिवार में ऊपरी मंजिल पर दो लड़कियाँ मिलकर कमरा किराए पर लें। अकेली लड़की को कोई मालिक आसानी से कमरा नहीं देगा, न बेकार की बातों या अफवाहों को राह देने के लिए उसे अकेले रहना ही चाहिए। किसी नौकरानी को साथ रखकर तो कोई अच्छे वेतनवाली महिला अधिकारी ही अकेली रह सकती है।
- इस सावधानी के साथ भी, अपने सहपाठी या सहकर्मी पुरुष दोस्तों को घर पर बुलाने की छूट नहीं लेनी चाहिए। उनसे बाहर मिलना ही उचित रहेगा। और कहीं टूर पर, पिकनिक पर या वैसे ही किसी शाम को कहीं

घूमने जाने का प्रस्ताव हो तो कभी अकेले जाने के लिए हामी न भरें। अनजान व्यक्ति से क्या, किसी दोस्त या मंगेतर तक का ऐसा प्रस्ताव भी स्वीकार न करें। कुछ दोस्तों के साथ मिलकर जाने में हर्ज नहीं। वहाँ भी जोड़े बनाकर अलग विचरण का प्रस्ताव मानने की राय नहीं दी जा सकती। बाद में किसी की शिकायत करने के बजाय पहले ही शिष्टता से मना कर देना या टाल जाना ठीक होगा।

- मंगेतर तो अकसर मजबूर कर देते हैं कि 'अब क्या…' पर यहाँ भी लड़की को याद रखना है कि प्रेमी युवक पति बनते ही इसी बात को लेकर शंकालु हो सकता है और दांपत्य जीवन में दरार आ सकती है। इसलिए सतर्कता लड़की के लिए हर कदम पर जरूरी है। यहाँ तक कि नंबर बढ़वाने, थीसिस पास कराने, ऑफिस में तरक्की देने का लालच देकर प्राध्यापक, प्रोफेसर, बॉस जैसे लोग संभ्रांत चेहरा दिखाकर भी मदद के बदले शोषण पर उतर आते हैं। लड़कियों को न तो इन पर सहज विश्वास कर लेना चाहिए, न किसी लालच में आकर ही इन्हें शह देनी चाहिए। 'दवा से बेहतर है परहेज'—स्वास्थ्य का यह नियम सामाजिक स्वास्थ्य पर भी आज बखूबी लागू होता है—यानी शिकायत नहीं, सावधानी।

सुगंधा, न ये सारी बातें तुम्हारे लिए इस स्तर पर आवश्यक हैं, न तुम्हारी मित्र-मंडली के लिए, क्योंकि तुम वहाँ हॉस्टल के सुरक्षित वातावरण में रह रही हो। यहाँ घर से तुम्हें प्यार, अपनत्व व सुरक्षा का माहौल मिला हुआ है। फिर भी तुम्हारी सहेलियों के आग्रह पर मैंने अपना बचाव अपने आप करने की ये सारी हिदायतें लिख दी हैं, जो सामान्यत: किसी के भी काम आ सकती हैं। इसलिए इन्हें जानना आज के वक्त में सभी के लिए जरूरी है।

स्त्री-शरीर की संरचना ही ऐसी है कि कुछ भय उसके साथ बचपन से ही समाज ने जोड़ दिए हैं। प्राकृतिक संरचना के हिसाब से तो ये भय सदा समान होने चाहिए, लेकिन ऐसा नहीं है। जिस काल में समाज का जो स्वरूप होता है, उसी अनुसार ये भय भी कम-ज्यादा होते रहते हैं। यहाँ तक कि आज की निडर, बिंदास कही जानेवाली नारी भी इन भयों से मुक्त नहीं है, भले ही यौन-वर्जना को वह एक संस्कारी युवती की तरह न देखती हो। ऊपर से वह भले ही निर्द्वंद्व दिखाई देती हो, कुछ समय बाद मनोचिकित्सकों की शरण में गई ऐसी युवतियों की दास्तानें भी उनकी केस-फाइलें कह देती हैं।

उनके घर टूट रहे हैं, यह एक अलग विषय है, जो कहीं-न-कहीं इससे भी जुड़ा है। यहाँ इतना ही व्यक्तिगत प्रतिष्ठा से कैरियर को ऊपर रखनेवाली सुविधाभोगी युवतियों को भी एक समय बाद भविष्य का भय सताने लगता है। तब पश्चात्ताप के रूप में भी उन्हें इन हिदायतों की अनदेखी करने की भूल भीतर-ही-भीतर कोंचने लगती है। मनोचिकित्सकों की फाइलों में मामले इसी स्टेज पर दर्ज होते हैं, पर तब उनके लिए सँभलने में देर हो चुकी होती है, इसीलिए मैंने कहा, दवा से पहले परहेज जरूरी है।

पर एक बात मैं यहाँ फिर स्पष्ट कर दूँ कि ऐसी वारदातों को सुनकर और ये हिदायतें पढ़कर तुम लोगों को डरने की बिलकुल आवश्यकता नहीं। आधुनिकता और अति स्वतंत्रता के मोह में लड़कियाँ असावधान न हो जाएँ, अपनी सुरक्षा के लिए घर-बाहर हर समय सतर्क रहें, इसीलिए वर्तमान समाज की उपलब्धियों व कमियों, दोनों को जानना-पहचानना बहुत आवश्यक है। इसलिए भी कि अकारण भय प्रगति में बाधक न बने और बिंदास दिखने के चक्कर में अथवा अतिरिक्त उत्साह में लड़कियाँ बेवजह किसी जोखिम को आमंत्रित न करें, बस इतना ही।

इन बातों पर अपनी सहेलियों की प्रतिक्रिया भी लिखना। अपने समाचार भी देना।

प्यार भरी शुभकामनाओं के साथ,

—तुम्हारी माँ

□

भटकन भीतर, तलाश बाहर

सुनो सुगंधा!

तुम्हारा पत्र मिला। यह जानकर खुशी हुई कि तुम्हारी सहेलियों को मेरी बातें अच्छी लगीं, उन्होंने बुरा नहीं माना, इस सीख को पसंद किया। इस जानकारी से मैं तुम्हारे ग्रुप के भविष्य के प्रति और आश्वस्त हो गई हूँ।

हाँ, मुझे यह जानकर आश्चर्य नहीं हुआ कि तुम्हारी सहेलियाँ आजकल फिर किसी खास नग या रत्नवाली अँगूठियों को तलाशने में या तांत्रिकों, बाबाओं, ज्योतिषियों को हाथ दिखाने के चक्कर में पड़ी हुई हैं। तुम लोगों की दूसरे वर्ष की परीक्षाएँ नजदीक हैं न, इसीलिए।

पिछले वर्ष भी परीक्षा के दिनों में ही तुमने साईं बाबा का लॉकेट यहाँ से नहीं मँगवाया था? तब भी मैंने तुम्हें लिखा था कि यह अतिरिक्त श्रद्धा-भक्ति, विश्वास या अंधविश्वास इन्हीं दिनों क्यों? और तुम्हें बताया था कि ये सब चक्कर छोड़कर पढ़ाई में ध्यान केंद्रित करो और अपने भीतर सफलता के लिए आत्मविश्वास जाग्रत् करो। मेरी उस सलाह से तुम्हें व तुम्हारी सहेलियों को संबल मिला था और सभी ने लगभग अच्छे नंबर लेकर परीक्षा पास की थी। फिर?

खैर छोड़ो, यह अकेले तुम्हारे कॉलेज की ही बात नहीं है। मैं जब दिल्ली में थी, परीक्षा के दिनों में ये दृश्य वहाँ भी जहाँ-तहाँ प्राय: दिख जाते थे। यूनिवर्सिटी स्पेशल में ये ही बातें, बस स्टॉपों पर खड़े लड़के-लड़कियों के झुंड के बीच भी एक-दूसरे से यही पूछताछ, 'यह अँगूठी कहाँ से मँगवाई?'…'तुम किसके पास गए?'…'फलाँ बाबा कैसा है?'…'फलाँ तांत्रिक की बहुत चर्चा सुनी है, पर बाप रे! वह तो बहुत तगड़ी फीस लेता है, कहाँ से दें?' …'भई, मुझे तो उसपर बहुत विश्वास है, चल तुम्हें भी उसके पास ले चलती हूँ।' 'मैंने तो यह मन्नत मानी है कि पास होने पर…।' आदि।

बसों में आते-जाते मैं ये दृश्य देखा करती और उड़ती-उड़ती उनकी ये बातें भी सुनती। पहले हैरानी होती थी, अब नहीं होती कि हर साल परीक्षा के दिनों में ये दृश्य आम हो चले हैं। इनमें लड़के भी हैं, लड़कियाँ भी। कला के छात्र हैं तो विज्ञान के भी। चिकित्सा तक के छात्र-छात्राएँ इससे अछूते नहीं।

माता-पिता किसी बात पर टोकेंगे तो ये ही बेटे-बेटियाँ उन्हें दकियानूस और अंधविश्वासी कहने से नहीं चूकेंगे, पर स्वयं अँगूठियाँ और लॉकेट ही नहीं, भीतरी वस्त्रों में छिपाकर तावीज तक पहन लेंगे। परीक्षा के दिनों में उनमें यह प्रवृत्ति ज्यादा दिखाई देती है। वैसे घर में माँ कहेगी, 'बेटा, नाश्ते-भोजन से पहले दो मिनट शांति से बैठकर भगवान् का नाम ले लिया करो,' तो उत्तर मिलेगा, 'फुरसत नहीं, तुम स्वयं ही तो हम सबकी ओर से प्रार्थना कर लिया करती हो, वही काफी है।' पर परीक्षा के दिनों जब सचमुच फुरसत का अभाव होता है, उन्हें प्रसाद लेकर स्वयं मंदिर-गुरुद्वारे जाते देखा जा सकता है—यहाँ तक कि बैठकर हनुमान चालीसा का पाठ करते हुए।

आते-जाते ज्योतिषियों को हाथ दिखाते रहेंगे, पर न स्वयं में आत्मविश्वास जुटाएँगे, न जमकर पढ़ाई करेंगे। करेंगे भी तो कुंजियाँ लाकर पढ़ेंगे, दूसरों के लिखे नोट्स माँगकर उतारेंगे। परीक्षा-भवन में नकल करने के लिए तिकड़म से लेकर दुस्साहस तक के हथकंडे अपनाएँगे। फिर भी नंबर कम मिले तो भाग्य को कोसेंगे।

माना कि यह कड़ी प्रतियोगिता का युग है। यह भी माना कि पुरुषार्थ और भाग्य दोनों मिलकर ही सफलता की राह दिखाते हैं; पर परीक्षा में सफलता के लिए सबसे ऊपर होता है परिश्रम और उससे भी ऊपर होता है आत्मविश्वास, जिससे परिश्रम सफल हो पाता है। यहाँ तक कि भाग्य को बदलने में भी उसका हाथ माना जा सकता है।

हाँ, परीक्षा में कामयाबी मिलेगी कि नहीं ? क्या करें कि मिले ? बाबा, तांत्रिक, नग-रत्न आदि के पीछे भागमभाग इसी दुविधा-शंका के कारण ही तो होती है। इस सारी दुविधा, चिंता, भटकन के पीछे आत्मविश्वास की कमी ही मुख्य कारण है। आत्महीनता से उपजती है दुविधा, और दुविधा से चिंता अन्यथा मेहनत पर सफलता के प्रति आश्वस्ति क्यों न हो ? भटकन होती है दरअसल भीतर और लड़के-लड़कियाँ मन की शांति, स्थिरता, सफलता तलाश रहे होते हैं बाहर। बाहर यानी मन की आस्था कहीं टिकाने के लिए बाबाओं-तांत्रिकों या अँगूठियों-लॉकेटों में। मंदिर, गुरुद्वारे, मसजिद, चर्च और पाठ-प्रार्थना की याद अन्यथा इन्हीं दिनों क्यों ?

अपने इष्ट या भगवान् के प्रति आस्था रखना अच्छी बात है, गलत नहीं। इससे मन बुराई से हटकर अच्छाई की ओर जाता है। सही परिणाम के प्रति आश्वस्त

करता है। दुविधा, चिंता, भटकन से मुक्ति के लिए उसे आस्था पर टिकाता है। पर क्या यह आस्था परीक्षा पास करने के स्वार्थ से ही जुड़ी है, जिंदगी की गाड़ी हर रोज सही पटरी पर चलाने के लिए नहीं चाहिए?

वर्ष भर परिश्रम से जी चुराकर, केवल वर्ष के अंत में कुछ दिन पढ़ाई की चिंता करने और उससे भी अधिक जैसे-तैसे परीक्षा पास करने के लिए ये सब दंद-फंद, कर्मकांड अपनाकर या नकल की तिकड़म भिड़ाकर पाई सफलता क्या आगे जिंदगी में सचमुच सफलता की राह पर आगे बढ़ाएगी?

परीक्षाफल को लेकर मन में जमी चिंता वक्त पर कहीं नर्वसनेस के रूप में सामने आकर, सारी अध्ययन-तैयारी पर, सब किए-कराए पर पानी न फेर दे, इसके लिए अच्छी याददाश्त ही नहीं, समय पर उसे बनाए रखने के लिए मन की आश्वस्ति भी चाहिए। आत्मविश्वास की कमी से ही अकसर वक्त पर खेल बिगड़ जाता है, फिर वह परीक्षा-भवन में लिखा जा रहा परचा हो या किसी नौकरी के लिए दिया जा रहा साक्षात्कार।

तो तुम्हारी अगली चर्चा-गोष्ठी में इस विषय पर भी बात हो कि आगामी परीक्षा के दिनों में बाबाओं-अँगूठियों के फेर में ही न पड़कर कुंजियों-नोट्स पर ही भरोसा न करके अपने पर भरोसा जगाएँ। अपने भीतर आत्मविश्वास जुटाएँ। जमकर, एकाग्रचित्त होकर पढ़ाई करने के लिए रात-रात भर जागने की जरूरत नहीं, बल्कि अधिक जागने से स्वास्थ्य खराब होगा, चिंता बढ़ेगी और मन की एकाग्रता भंग होगी। अकसर इसी कारण वक्त पर सब पढ़ा-पढ़ाया भुला जाता है।

जमकर पढ़ने का मतलब लगातार पढ़ना भी नहीं होता। लगातार पढ़ने या एक साथ कई विषय पढ़ने पर दिमाग पर जोर पड़ता है और सब गड्डमड्ड हो सकता है। सही ढंग से पढ़ने के लिए समयबद्ध, योजनाबद्ध और विषयवार क्रम से पढ़ना होता है। महत्त्वपूर्ण मुद्दों पर ध्यान केंद्रित करने के लिए पहली रीडिंग में उन लाइनों या बिंदुओं को रेखांकित करते चलना चाहिए, जिससे कि दूसरी रीडिंग में उनपर ज्यादा ध्यान जाए और बहुत सा अनावश्यक न पढ़ना पढ़े। अपने लिखे नोट्स से और इन रेखांकित पृष्ठों से याद करने में आसानी होती है, वक्त और श्रम भी बचता है।

यह नियम भी सभी पर समान रूप से लागू नहीं होता कि अलार्म लगाकर सुबह जल्दी उठकर पढ़ने से अच्छी तरह याद होगा। जो विद्यार्थी सहज रूप से जाग ही नहीं सकेगा, जबरदस्ती उठकर पढ़ने पर उसके दिमाग में कुछ घुसेगा कैसे? इसलिए हर लड़के-लड़की को उसी समय अधिक पढ़ना चाहिए, जो समय उन्हें एकाग्रता की दृष्टि से अधिक रास आए। समयबद्धता के लिए कोई बँधा-बँधाया

नियम न लेकर अपनी सुविधा का समय चुनना चाहिए। हाँ, पढ़ाई अवश्य योजनाबद्ध होनी चाहिए कि उसका अधिक-से-अधिक लाभ उठाया जा सके, यानी—अधिक या लगातार न पढ़कर भी उसकी उपयोगिता अधिक हो।

मैं फिर दोहरा रही हूँ कि न लगातार अधिक पढ़ना है, न ही सारी रात जाग-जागकर। उसी समय पढ़ाई करें, जब मन एकाग्र करने में अधिक सुविधा लगे। विषयवार एवं योजनाबद्ध ढंग से पढ़ें, पढ़ाई की वही तकनीक अपनाएँ, जिससे याद रखने में आसानी लगे। दूसरों के नोट्स पर भरोसा न कर, स्वयं अपने श्रम पर भरोसा रखें और हर स्थिति में आत्मविश्वास बनाए रखें। सफलता अवश्य हाथ लगेगी। बस इन दिनों फालतू बातों-आदतों से किनारा कर लेना होगा। पिक्चर, सैर-सपाटा आदि के कार्यक्रम कुछ दिन के लिए स्थगित कर देने होंगे। फिर भी बीच-बीच में श्रम और मनोरंजन के बीच संतुलन बनाए रखने से लाभ ही होता है।

लड़के-लड़कियाँ परीक्षा के दिनों में अपने खान-पान का ठीक से ध्यान नहीं रखते और साथ में चिंता-तनाव पालकर अकसर स्वास्थ्य खराब कर लेते हैं, इसलिए मैं इस ओर भी तुम लोगों का ध्यान आकर्षित करना चाहती हूँ कि परीक्षा के दिनों में स्वास्थ्य ठीक रखना बहुत जरूरी है। चटपटी चाट-पकौड़ी और तले पकवान छोड़कर हलका, पौष्टिक और संतुलित भोजन लेना बहुत जरूरी है। इतना ही जरूरी है उसे समय पर लेना।

तली-भुनी एवं गरिष्ठ चीजों से सुस्ती आती है और पढ़ाई में ध्यान नहीं लगता, पर प्रोटीन व खनिज लवण, विटामिनयुक्त भोजन तुम सबके लिए बहुत आवश्यक है इन दिनों। इसलिए अच्छा हो, प्रिंसीपल से मिलकर हॉस्टल की डाइटीशियन से परीक्षा के दिनों में कुछ विशेष भोजन की व्यवस्था करवा लो। वैसे प्रिंसीपल की स्वयं भी यह जिम्मेदारी है और वे ध्यान भी रख लेंगी। फिर भी चूँकि घर में न होने से व्यक्तिगत के बजाय सामूहिक व्यवस्था करानी है, भोजन पूर्ववत् ही दिया जा रहा हो तो इन दिनों की तुम्हारी विशेष आवश्यकतानुसार यह सामूहिक व्यवस्था करा लेने के अपने अधिकार का प्रयोग तुम लोग कर सकती हो।

अब अगले पत्र में लिखना कि तुम लोगों ने इस बात को गंभीरता से लिया कि नहीं ? लिया, तो इसपर परस्पर चर्चा हुई कि नहीं ? अगर हुई, तो क्या-क्या निर्णय लिये ? और अब परीक्षा की तैयारी कैसी चल रही है ? मेरी बताई तकनीक का लाभ मिला कि नहीं ?

—तुम्हारी माँ

□

कैरियर का चुनाव

सुनो सुगंधा!

पत्र अभी मिला। यह सूचना पाकर कि कल अंतिम पेपर के साथ तुम्हारी परीक्षा समाप्त हो गई है और दो दिन बाद तुम घर के लिए चल पड़ोगी, अच्छा लगा। पेपर अच्छे हुए हैं तो रिजल्ट भी अच्छा ही निकलेगा और वह डाक से यहाँ तुम्हें मिल भी जाएगा। इन सबसे तसल्ली भी मिली, निश्चिंतता भी।

बस एक साल और···और फिर तुम बन जाओगी स्नातक। स्नातक ही नहीं···नहीं, तब तक और भी बहुत-कुछ।

क्यों भला?

इसलिए कि तुम अपने लिए ठीक राह चुन ही नहीं रही, उसे बना भी रही हो और साथ ही बन-सँवर रहा है तुम्हारा व्यक्तित्व। इसके बाद तुम्हें मेरे निर्देशन की आवश्यकता नहीं रहेगी। अगली राहें तुम्हारे सामने अपने आप ही खुलती जाएँगी।

फिर आगे उच्च शिक्षा लेना चाहो या नौकरी के लिए कोई प्रशिक्षण अथवा स्नातक होने के बाद शादी करके गृहिणी की भूमिका ही अपनाओ, यह तुम्हारा अपना फैसला होगा। मैं तुम पर अपनी कोई राय नहीं थोपूँगी। हाँ, मेरे निजी विचार में, नौकरी ध्येय हो या नहीं, आत्मनिर्भरता के लिए कोई प्रशिक्षण अवश्य ले लिया जाए तो वह कभी भी काम आ सकता है।

मेरे खयाल से तुम्हारा भी यही विचार दिखता है, वरना इन छुट्टियों के लिए तुम उस तरह का कार्यक्रम न सोचतीं। पिछली छुट्टियों में तुमने एक साथ दो 'हॉबी कोर्स' कर लिये थे। इस बार छुट्टियाँ भर सीखते न रहकर पहले कुछ दिन कहीं घूम आओ। उत्तर भारत के पर्वतीय स्थलों की यात्रा तो हम तुम्हें दो बार करा ही चुके हैं। इस बार कुछ सहेलियाँ-दोस्त साथ मिलकर दक्षिण भारत के

लिए निकल पड़ो तो अच्छा! पंद्रह दिन में तुम सब कई जगह जा सकोगी।

भारत सरकार के पर्यटन विभाग से आजकल ऐसे 'पैकेज टूर' की कई पुस्तिकाएँ उपलब्ध हैं, जिनसे यात्रा-मार्ग के चुनाव और जानकारी संबंधी पर्याप्त सहायता मिलती है। इन दिनों कई पत्रिकाएँ भी पर्यटन-विशेषांक निकालती हैं, जिनसे अच्छी जानकारी मिल जाती है। पूरा देश देखने के लिए हर बार नया मार्ग चुना जा सकता है। इधर के अपने सहपाठियों से बात चलाकर देखो। एक ग्रुप बन जाए तो ठीक, वरना तुम्हारे पापा से बात करूँगी। संभव हुआ तो हम लोग ही कार्यक्रम बना लेंगे। लौटकर फिर चाहे जो करना, सीखना।

तुम्हारा अभी एक साल और शेष है, इसलिए अगले कैरियर की बात अगली परीक्षा के बाद सोच सकती हो। अभी तुम घर आ रही हो तो मुझे पत्र लिखने की जरूरत न थी। पर तुमने अंतिम वर्ष की छात्रा अपनी सहेली सुकन्या के लिए शीघ्र जानकारी चाही है तो लिख रही हूँ।

आजकल प्रायः सभी अच्छे स्कूल-कॉलेजों में 'कैरियर गाइडेंस ब्यूरो' खुले हैं। वहाँ भी होगा शायद। हो तो किसी मनोवैज्ञानिक और कैरियर विशेषज्ञ की सलाह भी उसमें उपलब्ध होगी। जहाँ ऐसी व्यवस्था नहीं होती वहाँ भी प्राचार्य बाहर से ऐसे विशेषज्ञों को आमंत्रित करते हैं, जो छात्रों की रुचि, योग्यता और क्षमता का पता लगाकर उन्हें कैरियर संबंधी सही सलाह देते हैं। पता नहीं, आप लोगों को यह सुविधा मिली कि नहीं? न मिली हो तो कॉलेज-प्राचार्य से मिलकर सामूहिक माँग उठानी चाहिए।

कड़ी प्रतियोगिता के इस दौर में सही कैरियर का चुनाव आसान नहीं। उचित मार्गदर्शन के अभाव में युवक-युवतियाँ अकसर गलती करते हैं, जिसका दुष्परिणाम फिर उन्हें जिंदगी भर भुगतना पड़ सकता है। इसलिए आज युवा पीढ़ी के भविष्य को सँवारने और उन्हें कैरियर संबंधी उचित जानकारी देने की जरूरत है। तभी तो यह आज की एक अनिवार्य सामाजिक सेवा मानी जाने लगी है। नगरों-महानगरों में जगह-जगह खुले 'कैरियर गाइडेंस ब्यूरो' इसी समस्या का एक समाधान प्रस्तुत करते हैं।

बहुत बार तो परामर्श चाहनेवाले लड़के-लड़कियाँ यही नहीं बता पाते कि उनका झुकाव किस ओर है? वे क्या करना चाहते हैं या किस दिशा में जाना चाहते हैं? तब उनकी योग्यता व रुचि की जाँच-परीक्षा ही यह निर्धारित करती है कि उन्हें अगली उच्च शिक्षा में कौन-कौन से विषय लेना चाहिए या व्यावसायिक अथवा तकनीकी प्रशिक्षण के बाद, संबंधित क्षेत्र के लिए कहाँ-कहाँ नौकरियाँ

उपलब्ध हैं ? उस क्षेत्र विशेष में प्रवेश या नौकरी के लिए जगह न मिल रही हो तो वैकल्पिक क्षेत्र क्या हैं ? और किन-किन क्षेत्रों में रोजगार की संभावनाएँ हैं ?

यह सही है कि बहुत सी बातें छात्र-छात्राओं के हाथ में नहीं होतीं, कभी मनचाहे विषयों में प्रवेश के लिए अपेक्षित अंक ही नहीं प्राप्त हो पाते। सिफारिश वगैरह का दखल भी कुछ प्रतिशत मामलों में तभी होता है, जबकि पहले अपेक्षित न्यूनतम अंक प्राप्त हों। कई बार सब बातें पक्ष में होने पर भी समय पर कुछ बाधा उपस्थित हो जाती है अथवा कहीं भाग्य साथ नहीं देता।

लेकिन यह निश्चित है कि सबकुछ भाग्य पर भी निर्भर नहीं होता। भाग्य, पुरुषार्थ और समझदारी तीनों का मेल हो, तभी सफलता निश्चित होती है। इस तरह जब तीन में से दो चीजें, यानी—पुरुषार्थ और समझदारी, हाथ में हों तो अल्पमत में रहे तीसरे, यानी—भाग्य को बहुमतवाले दोनों का साथ अकसर देना ही पड़ता है। इसलिए भाग्य पर निर्भरता और निराशा की बात मन से निकालकर समझदारी से पुरुषार्थ करना चाहिए।

फिर भी एकदम मनचाहा प्राप्त न होने पर दूसरा और तीसरा विकल्प भी हाथ में रखना चाहिए कि प्राथमिकतावाले क्षेत्र में किसी कारण सफलता न मिले तो दूसरे एवं तीसरे विकल्प की मानसिकता बनी रहे और निराशा का सामना न करना पड़े।

अनेक बार किशोर उम्र के लड़के-लड़कियाँ अकारण चिंता, बेचैनी, घबराहट के शिकार होते हैं। उनमें सोच-समझकर निर्णय लेने की क्षमता नहीं होती। वे या तो हड़बड़ाहट में गलत निर्णय कर बैठते हैं या निराश होकर ऊब, उकताहट या 'बोरियत' के शिकार हो जाते हैं।

यह उम्र का अधैर्य भी हो सकता है और सही पारिवारिक-सामाजिक प्रशिक्षण के अभाव में मानसिक विकास की कमी का परिणाम भी। तब मनोवैज्ञानिक उनका व्यक्तित्व-परीक्षण कर उनमें आत्मविश्वास की कमी के कारणों का भी पता लगाता है। जाहिर है कि ऐसे छात्र-छात्राओं को व्यक्तित्व-विकास के प्रशिक्षण की भी आवश्यकता होगी तथा कैरियर संबंधी विशेष परामर्श की भी।

किंतु यहाँ एक सावधानी भी बरतनी होगी कि प्राइवेट योग्यता-जाँच परीक्षा केंद्रों के मनोवैज्ञानिक प्राय: बहुसंख्य छात्र-छात्राओं को व्यक्तित्व-विकास में हीन बताकर फीस में मोटी-मोटी रकम बटोर सकते हैं, इसलिए विश्वविद्यालयों या रोजगार-कार्यालयों के योग्यता जाँच-केंद्रों में ही जाना चाहिए। वहाँ से विशेष निर्देश हो तो अस्पतालों के अथवा प्राइवेट मनोवैज्ञानिकों, मनोविश्लेषकों या

मन:चिकित्सकों की सलाह-सहायता ली जा सकती है।

कैरियर संबंधी मार्गदर्शन दो प्रकार से किया जाता है—

- विभिन्न विषयों में उच्च शिक्षा प्राप्त करने तथा शिक्षा की समाप्ति पर मिलनेवाली नौकरी आदि से संबंधित जानकारियाँ छपी पुस्तिकाओं के माध्यम से वितरित करना तथा विद्यार्थियों के प्राप्तांक, सामान्य ज्ञान, रुचि व क्षमता के आधार पर उन्हें पुस्तिकाओं के चयन संबंधी भी निर्देश देना।
- विद्यार्थियों की रुचि, तर्कशक्ति, योग्यता व क्षमता के बारे में अनुमान लगाकर उनकी रुचि के व्यवसाय के बारे में पूर्व जानकारी देना और प्रमुखता के आधार पर ही किसी व्यवसाय की ओर बढ़ने के लिए प्रोत्साहित करना।

सर्वप्रथम अपनी योग्यता, रुचि जानने के इच्छुक व्यक्ति को अपना व्यक्तिगत विवरण-फॉर्म भरना होता है। इस फॉर्म में व्यक्तिगत विवरण के साथ ही एक कॉलम में दिए विभिन्न व्यवसायों—डॉक्टर, इंजीनियर, वैज्ञानिक, वकील, अध्यापक, एकाउंटेंट, क्लर्क, बैंक कर्मचारी, स्टेनो-टाइपिस्ट, कंप्यूटर ऑपरेटर, पत्रकार, पुस्तकालयाध्यक्ष, कंपनी प्रबंधक, प्रशासनिक अधिकारी, लोक सेवक आदि में से एक-दो व्यवसायों को चुनना होता है।

यदि वे चाहें तो दो से अधिक विकल्प भी चुन सकते हैं, पर उसके बाद चुने गए व्यवसायों के आधार पर ही उनकी ज्ञान-परीक्षा, सामान्य योग्यता-परीक्षा, व्यावसायिक रुचि आदि के बारे में व्यक्तिगत परीक्षण होगा।

अलग-अलग व्यवसायों की जाँच के लिए अलग-अलग परीक्षण-सेट बने होते हैं। इसी के अनुसार परीक्षा का समय एक से लेकर तीन घंटे तक निर्धारित किया जाता है। विद्यार्थी अपनी क्षमतानुसार एक से अधिक परीक्षाएँ दे सकता है। चाहे तो दो-तीन दिन लगाकर सारे परीक्षण भी पूरे कर सकता है। इन सबका निर्णय समय पर अपनी समझ व मार्गदर्शक के सुझाव के अनुसार ही करना चाहिए।

एक महत्त्वपूर्ण बात और, सुकन्या को बताना कि जब कोई किसी वस्तु या लक्ष्य को पाने के लिए संघर्ष करता है तो उसकी प्राप्ति की कद्र भी करेगा, नहीं तो इस उम्र की निराशा या उदासीनता आगे व्यवसाय में भी सफलता के मानदंड नहीं बना पाएगी। इसलिए जिज्ञासा और जागरूकता दोनों बनाए रखिए, परिश्रम की आदत के साथ उसके सुखद परिणाम की आशा भी।

आशा है, तुम्हारी सहेली के लिए यह सामान्य जानकारी पर्याप्त होगी। परीक्षाओं और नौकरियों के अवसर संबंधी सूचनाएँ समय-समय पर पत्रों में छपती ही रहती हैं। उन्हें देखते रहना चाहिए। अपने लिए प्रशिक्षण या कार्यक्षेत्र का चुनाव कर लेने के बाद भी जरूरत पड़ने पर विशेषज्ञ की सलाह ली जा सकती है। मुख्य बात है जिज्ञासा, जागरूकता, आशा—तीनों बनाए रखें तो सफलता अवश्य हाथ लगेगी।

तुम्हारे घर-आगमन की प्रतीक्षा में,

—तुम्हारी माँ

□

संतुलन सभी जगह अपेक्षित है

सुनो सुगंधा!

तुम्हारा पत्र मिला। छुट्टियों में दक्षिण भारत घूमकर तुम फिर हॉस्टल पहुँच चुकी हो। कुछ पुरानी सहेलियाँ मिलीं, कुछ नई सहेलियाँ बनीं। अपने 'पैकेज-टूर' के अनुभव उनसे बाँटे होंगे। नई-नई जगह देखने-घूमने व इस यात्रा से प्राप्त अनुभव से तुम अभी तक रोमांचित-प्रफुल्लित हो, यह जानकर अच्छा लगा।

फिर भी लौटकर एकदम से तुम पढ़ाई में मन नहीं लगा पा रही हो। यह सब स्वाभाविक है। इससे चिंतित होने की बिलकुल जरूरत नहीं। मन की यह स्थिति अधिक दिन नहीं चलेगी। धीरे-धीरे सामान्य होकर शीघ्र ही तुम फिर से अपनी पढ़ाई में रम जाओगी।

तुम्हारी दो नई सहेलियाँ बनी हैं। वे तुम्हें पसंद करती हैं और तुम उन्हें, यह जानकर भी अच्छा लगा। संग-साथ अच्छा मिले तो इससे पढ़ाई में भी लाभ मिलता है। यह जानकारी भी सुखद लगी कि तुम्हारे कॉलेज में ही कुछ 'हॉबी-कोर्स' शुरू कर दिए गए हैं और तुम्हें पूर्व छुट्टियों में सीखी अपनी रुचि की कलाओं को आगे बढ़ाने का अवसर मिलेगा।

यह व्यवस्था भी ठीक है कि इन 'हॉबी-कोर्सेस' का समय कॉलेज की छुट्टियों में ही रखा गया है। कम-से-कम हॉस्टल की लड़कियाँ छुट्टीवाले दिन केवल घूम-फिरकर, गपशप कर, सोकर या 'इन-डोर' खेलों आदि में ही समय न बिताकर, सार्थक ढंग से तीन घंटे हॉबी-कक्षा में भी बिता सकेंगी।

तुमने अंतर्सज्जा (इंटीरियर डेकोरेशन) और पुष्प-सज्जा (फ्लॉवर अरेंजमेंट-इकेबाना) विषय चुने हैं। इन दोनों विषयों का बुनियादी प्रशिक्षण तुम इसके पूर्व छुट्टियों में ही ले चुकी हो। इससे तुम्हें अपने ही कला-विषयों को आगे बढ़ाने का अवसर मिलेगा। फिर ये दोनों विषय परस्पर संबंधित भी हैं। अंतर्सज्जा के साथ या

तो वास्तुकला विषय लेना चाहिए या फिर पुष्प-सज्जा का।

यदि तुम्हें लगता है कि तुम्हारे पूर्व प्रशिक्षण में पुष्प-सज्जा का काम तुम पर्याप्त सीख चुकी हो तो नया विषय वास्तुकला ले लेना चाहिए, क्योंकि अंतर्सज्जा या 'इंटीरियर डेकोरेशन' को आगे चलकर व्यवसाय रूप में अपनाने पर संबंधित विषय के रूप में वास्तुकला का ज्ञान प्राप्त करना तुम्हारे लिए अधिक उपयोगी रहेगा। यह मैं इसलिए लिख रही हूँ कि अपनी रुचि के कला-विषय को आगे बढ़ाने के लिए तुम इसी स्तर से भविष्य की योजना बनाकर चल सको।

लेकिन सबसे पहले यह ध्यान रखना है कि कॉलेज में यह तुम्हारा अंतिम वर्ष है, इसलिए स्नातक परीक्षा में अच्छे अंक प्राप्त करना तुम्हारा प्राथमिक ध्येय होना चाहिए। इसके बाद तुम अध्यापन-प्रशिक्षण लेना चाहो या स्नातकोत्तर अध्ययन करना चाहो, यह तुम्हारी इच्छा पर निर्भर है। हॉबी-कोर्स दोनों ओर के शिक्षण-प्रशिक्षण में सहायक होंगे।

किंतु अपनी रुचि के किसी कला-विषय को कैरियर बनाना है अथवा अध्यापन या किसी अन्य नौकरी के साथ हॉबी के रूप में अपनाना है, इसकी योजना तो अभी से बनानी होगी। भविष्य की कोई भी योजना हो, जिस ओर बढ़ना हो, मन-मस्तिष्क में वह दिशा स्पष्ट होनी चाहिए।

छुट्टियों में तुम्हारा अंतर्सज्जा की ओर रुझान देखकर ही मेरे मन में यह विचार उठा था कि आगे चलकर तुम इसे व्यवसाय के रूप में अपना लो तो अच्छा रहेगा, क्योंकि आजकल 'इंटीरियर डेकोरेटर्स' के लिए अच्छी मार्केट है; विशेष रूप से नए उभरते नगरों, उपनगरों और नई कॉलोनियों में।

अंतर्सज्जाकार (इंटीरियर डेकोरेटर) बनने के साथ यदि तुम वास्तुकलाविद् (आर्किटेक्ट) भी बन सको तो इन दो विषयों को लेकर अपना अच्छा-खासा स्वतंत्र व्यवसाय भी जमाया जा सकता है। पुष्प-सज्जा (फ्लावर अरेंजमेंट) की पूर्व प्राप्त की गई तुम्हारी सामान्य जानकारी इस व्यवसाय को चमकाने में तुम्हारे लिए अतिरिक्त रूप से सहायक हो सकेगी।

यह ठीक है कि अभी सत्र के शुरू में पढ़ाई का जोर नहीं है और अपने हॉबी-कोर्स में कुछ अधिक रुचि लेकर, कुछ अधिक समय देकर तुम उसे आगे बढ़ा सकती हो। किंतु यहाँ एक सतर्कता जरूरी है। कितना भी रुचिकर काम क्यों न हो, उसमें उतना ही समय देना ठीक होगा, जिससे तुम्हारी पढ़ाई में बाधा न पड़े। एक बार स्नातक परीक्षा में अच्छे अंक आ जाएँ, आगे की कोई भी राह आसान हो सकती है।

अपनी रुचि के कला-विषय को कैरियर बनाने के लिए तुम्हारे लिए आगे दो साल का अतिरिक्त तकनीकी-व्यावसायिक प्रशिक्षण भी जरूरी हो सकता है। तब प्रवेश के लिए प्रथम श्रेणी में उत्तीर्ण होना भी अनिवार्य हो सकता है, इसलिए परीक्षा-परिणाम की कीमत पर किसी भी कला-प्रशिक्षण में अधिक समय देना, उसकी भी आगामी उपयोगिता को कम करना है। इससे कला संबंधी कैरियर की सफलता भी दाँव पर लग सकती है।

यूँ भी जीवन में सफलता के लिए जिस तरह संतुलन आवश्यक है उसी तरह पढ़ाई-कोर्स और हॉबी-कोर्स में भी बहुत संतुलन बनाकर ही चलना चाहिए कि आगे सफलता की गारंटी रहे।

संतुलन की बात से ही व्यक्तित्व के संतुलन की बात भी निकलती है। तुमने लिखा है, तुम्हारी नई सहेलियों—शिवानी और काव्या—में से शिवानी के विचार बहुत परिपक्व हैं और काव्या अपने व्यक्तित्व में बहुत संतुलित और सुरुचिपूर्ण है। मैं तुम्हारी पसंद को जानती हूँ और अपनी मेहनत से गढ़े हुए तुम्हारे संतुलित व्यक्तित्व को भी परख सकती हूँ। इसलिए समझ सकती हूँ कि इन दो नई लड़कियों को तुमने क्यों पसंद किया होगा! मेरे खयाल में, तुम्हारे व्यक्तित्व को आगे और निखारने में तुम्हारी ये दोनों नई सहेलियाँ सहायक हो सकेंगी।

इनके बारे में और भी जानकारी देना। यह भी कि इन दोनों में से हॉबी-कोर्स में कौन तुम्हारा साथ दे रही है? मेरे अनुमान से, इस क्षेत्र में काव्या का साथ तुम्हारे लिए अधिक उपयुक्त रहेगा और विचारों के आदान-प्रदान से शिवानी शायद तुम्हारा मानसिक स्तर ऊपर उठाने में अपेक्षाकृत अधिक सहायक सिद्ध हो सकेगी।

बहरहाल, तुम उनके निकट रहकर उनके बारे में अधिक सोच-समझकर निर्णय ले सकती हो। मुझे केवल एक बात कहनी है कि अंतरंगता अपनी जगह है, व्यावहारिकता अपनी जगह। यहाँ भी संतुलन चाहिए। मित्रता के सही निर्वाह के लिए भी यह संतुलन जरूरी है, सहज-निश्चिंत जीवन जीने के लिए भी और मिल-जुलकर आगे बढ़ने के लिए भी।

बस, आज इतना ही। शेष तुम्हारा अगला पत्र पाने के बाद।

—तुम्हारी माँ

□

हीनता-बोध ही मुख्य बाधा

सुनो सुगंधा!

तुम्हारा पत्र मिला। जानकर खुशी हुई कि तुम्हारे कॉलेज में शारीरिक शिक्षा के साथ 'जूडो-कराटे' का प्रशिक्षण भी जोड़ दिया गया है। आशा है, यह सभी लड़कियों के लिए अनिवार्य किया गया होगा। नहीं, तो भी तुम जरूर सीखना। आजकल के माहौल में आत्मरक्षा के लिए यह जरूरी सा ही हो गया है।

यूँ देखा जाए तो नारी पुरुष से कमजोर नहीं। केवल उसका संस्कारगत हीनता-बोध ही उसके आड़े आता है और उसे कमजोर बनाता है। यह बात अनुभवसिद्ध है कि मानसिक बल की दृष्टि से स्त्री पुरुष से सबल है। स्त्री शरीर-बल से भी किन्हीं मामलों में उन्नीस नहीं, इक्कीस ठहरती है, यह बात आज अनेक वैज्ञानिक शोधों ने सिद्ध कर दी है।

मैं समझती हूँ, सीधे-सीधे कहने पर यह तथ्य किसी लड़की के (तुम्हारे भी) गले नहीं उतरेगा। इसलिए मुझे अपनी बात पहले कुछ उदाहरणों से तथा फिर वैज्ञानिक निष्कर्षों से समझानी होगी, क्योंकि लड़कियों-स्त्रियों के सामाजिक संस्कार उन्हें हीनता-बोध से मुक्त नहीं होने देते। कारण उनकी सोच, उनकी अनेक आदतें उनके भीतर पनपी हीनता-ग्रंथियों या कुंठाओं की ही उपज होती हैं। तुम लड़कियाँ चाहकर, बहस कर, हठ करके भी इसे नकार नहीं सकतीं।

इन हीनताओं-कुंठाओं से मुक्ति पाकर सहज जीने और संतुलित व्यक्तित्व का विकास करने के लिए ही तो मैं इन पत्रों द्वारा तुम्हें यह व्यक्तित्व-प्रशिक्षण दे रही हूँ। फिर भी एक बात अच्छी तरह समझ लेना जरूरी है कि व्यक्तित्व-प्रशिक्षण एक सीमा तक ही दिया जा सकता है। आगे का सारा व्यक्तित्व-विकास स्वयं की साधना पर निर्भर है।

शायद तुम यह समझती हो, इसलिए इस भूमिका को अधिक लंबा न कर, मैं सीधे विषय पर आती हूँ कि कैसे स्त्री कमजोर नहीं है और कैसे उसके भीतर का हीन भाव ही उसे कमजोर व कुंठित बनाता है। लो सुनो—

मुक्ता का जीवन कहीं बाधित नहीं। उच्च शिक्षा, सुंदर व्यक्तित्व व परिपक्व मानसिकतावाला उच्चाधिकारी पति। पति का प्यार, संरक्षण और मध्यवर्गीय आकांक्षाओं के अनुरूप साधन-सुविधाएँ। उसपर दो प्यारे-प्यारे बच्चे, लेकिन मुक्ता कभी खुश नहीं दिखाई दी। जब देखा मुँह लटकाए मिली। कभी सिरदर्द की शिकायत तो कभी कोई अन्य तकलीफ।

डॉक्टरी जाँच कई-कई बार हो चुकी। मुक्ता के अंदर कोई खराबी नहीं निकली, पर मुक्ता न डॉक्टरों के चक्कर लगाने बंद करती है, न घर-बच्चों के काम में रुचि लेती है। कुछ करेगी भी तो जैसे पति पर एहसान करते हुए। कभी पति कह दें कि तुम्हें कोई बीमारी नहीं है तो घर में तूफान बरपा।

डॉक्टरी राय के हवाले से भी यह बात उसे कतई बरदाश्त नहीं। 'उसे कोई बीमारी नहीं' कहते ही उसकी कुंठा का जैसे विस्फोट हो जाता है—पहले रोना-धोना, चीखना-चिल्लाना, फिर सिरदर्द और चादर ओढ़कर पड़ जाना। फिर पति ही देखें घर को और बच्चों को भी। ऑफिस जाएँ या न जाएँ उसकी बला से। जिस दिन उसके पति की सहनशीलता जवाब दे जाएगी, उसकी कुंठा का विस्फोट अपनी चरम सीमा छू लेगा और उसके अनुसार उसकी 'किस्मत फूट जाएगी।'

दूसरी ओर है समिधा। कई सालों से सचमुच बीमारियाँ ढोती हुई, पर अपने काम-काज में इतनी व्यस्त कि अपने लिए फुरसत ही नहीं। परिवार के लिए त्याग के नशे में डूबी हुई। न समय पर दवा लेने का होश, न डॉक्टर के पास जाने की फुरसत। उससे पूछो तो हँसकर कहेगी, 'अब क्या आम औरतों की तरह मैं भी हर समय हाय-हाय ही करती रहूँ? अरे भई, जाना तो है ही एक दिन, जितने दिन मिल सकते हैं, उन्हें भी ठीक से क्यों न जिऊँ?' और जब तक वह चारपाई न पकड़ ले, अपने दुःख-दर्द को दबा-छिपाकर अपने काम में लगे रहना उसने अपना सिद्धांत बना लिया है।

शायद इसीलिए कुदरत भी उसकी मदद करती है। स्वयं को समय न देकर भी समझदारी से परहेजी खान-पान, संयमित योजनाबद्ध जीवन से अपने को चलाए रखती है। इस तरह जीती ही नहीं, समाज के लिए कुछ-न-कुछ करते

रहकर, अपने जीवन की सार्थकता भी सिद्ध करती रहती है।

ये हैं, अपनी स्थितियों के प्रति प्रतिक्रिया के दो छोर।

एक ओर मुक्ता की अपने स्त्री होने की बचपन से पाली गई ग्रंथि है, जिसमें बढ़ोतरी हुई पति द्वारा, बिना आर्थिक जरूरत के, उसके नौकरी करने पर ऐतराज से। जैसे शिक्षित नारी के लिए नौकरी करने के अलावा दूसरा कोई उपयोगी काम करने के लिए है ही नहीं। न ही उसके पति की समझ में यह बात तब तक आई जब तक कि उसने किसी मन:चिकित्सक से इस बारे सलाह नहीं ली।

दूसरी ओर, समिधा द्वारा स्त्रीत्व के अपने हीनता-बोध के जबरदस्ती नकार ने उसे जीवन की मूलभूत आवश्यकताओं की ओर से भी विमुख कर दिया। अब वह कितनी भी समझदारी दिखाए, स्वास्थ्य की ओर समय पर ध्यान न देने या वक्त पर जरूरी चिकित्सा न लेने से उसका बिगड़ा स्वास्थ्य पूरी तरह ठीक होने से तो रहा। बिगड़े स्वास्थ्य ने उसके जीवन को पंगु ही बनाकर रख दिया है।

फिर भी मानना होगा कि एक ओर हीनता-ग्रंथि अच्छे-भले स्वास्थ्य को खराब कर रही है—तन-मन दोनों से। दूसरी ओर, हीनता के नकार द्वारा बिगड़े स्वास्थ्य को भी किसी तरह साधकर चलाया जा रहा है।

पर प्रतिक्रिया के ये दो छोर ही नहीं हैं, इनके बीच अन्य कई मोड़ भी हैं, जिनके विस्तार में जाना यहाँ संभव नहीं। समझने की बात इतनी ही है कि इन सब प्रकारों के बीच समानता का बिंदु एक ही है—स्त्रीत्व का एहसास और इसे लेकर पाली गई हीनता-ग्रंथि। हीनता-भाव वास्तव में स्त्रीत्व का अचेतन अस्वीकार ही है और है, अपनी सीमाओं का नकार।

स्त्री-शरीर को लेकर सदियों से पनपा यह हीन भाव अधिकतर मध्य युग की देन है। इसके पूर्व भारतीय संस्कृति में न ये दबाव थे, न यौन-नैतिकता के दोहरे मानदंड, इसलिए हीनताएँ-कुंठाएँ भी नहीं थीं।

अब भी भारत के दक्षिणी भागों में, जहाँ बाहरी प्रभाव अपेक्षाकृत कम रहे और हमारे सांस्कृतिक मूल्य कुछ अधिक सुरक्षित रह सके, वहाँ हमारे ग्रंथों में वर्णित सोलह संस्कारों में से किशोरी लड़की का एक संस्कार प्रथा के रूप में जीवित मिलेगा। उत्तर भारत में मासिकधर्म को लड़कियाँ प्राय: लज्जा-भावना से जोड़ लेती हैं, जबकि वहाँ लड़की को पहला मासिकधर्म होने पर उसे एक उत्सव का रूप दे दिया जाता है।

हमारे यहाँ किशोरियों को क्या, किशोरों तक को अपनी शरीर-रचना का ज्ञान नहीं कराया जाता। उन्हें न घर से, न शिक्षण संस्था से, न किसी परामर्श केंद्र से कोई यह बतानेवाला होता है कि किशोरावस्था से तरुणाई की ओर कदम बढ़ाते समय उनके भीतर जो रासायनिक या हारमोनल परिवर्तन हो रहे हैं, उनके बाहरी लक्षण प्रकृति की एक स्वाभाविक प्रक्रिया है और इसे लेकर उन्हें किसी शर्म या हीन भावना से घिरने की बिलकुल जरूरत नहीं है।

किशोरियों को तो यह बताया ही नहीं जाता कि कभी उनके साथ कुछ अनपेक्षित घट जाए तब वे क्या करें? परिणाम होता है, सस्ते पटरी साहित्य से, सिनेमा से और अपने जैसी ही कम समझ या अनजान साथियों से गुमराह करनेवाली भ्रामक जानकारियाँ प्राप्त करना। अधकचरी जानकारियाँ उनकी पूर्व ग्रंथियों को खोलने के बजाय उनमें और गाँठें लगाती चलती हैं। अगला परिणाम होता है, कदमों का लड़खड़ाना और जिज्ञासा पूर्ति के लिए गलत प्रयोग। अपने चारों ओर उनके दुष्परिणाम देखकर लड़कियों में अपने भीतर अपने स्त्रीत्व को लेकर हीन भावना का और उभार। प्राकृतिक भेद व पूरकता को नकारकर सामाजिक भेदभाव के प्रति उत्तरोत्तर बढ़ता आक्रोश। मन:चिकित्सकों की फाइलों से न केवल इनकी पुष्टि होगी, इनकी उपज मानसिक बीमारियों की भी।

पर यहाँ स्त्रीत्व को लेकर किशोरियों की मानसिकता पर ही ध्यान केंद्रित करें—

हर किशोरी जानती है और हर स्त्री अपनी किशोरावस्था की यह स्मृति रखती है कि इस उम्र में कभी शीशे के सामने स्वयं को नग्न देखकर वह कितनी आत्म-मुग्ध होती है। शायद उन क्षणों में उसे जरूर लगा होगा कि प्रकृति ने उसके साथ अन्याय नहीं, पक्षपात किया है और वह अपने आकर्षण से किसी भी पुरुष को जीतने या झुकाने में समर्थ है। जबकि इसी उम्र में बेचारा किशोर—भोंड़ नाक, फटे बाँस की-सी भर्राई आवाज, चेहरे पर यहाँ-वहाँ जंगली झाड़ी-सी छिटकी दाढ़ी, ठीक से शेव भी नहीं बनाई जा सकती—अपना आत्मविश्वास खोने लगता है। सबसे मुँह छिपाने लगता है और इसकी क्षतिपूर्ति में कई बार गलत हरकतें भी कर बैठता है।

प्रकृति-भेद के बाद ये ही परंपरागत सामाजिक दबाव होते हैं, जो सुरक्षा-कारण से लड़की पर अतिरिक्त अंकुश लगाते हुए, उसकी स्वतंत्रता का अपहरण करने लगते हैं और लड़के में पुरुषत्व का अहं जगाते हुए उसमें उच्छृंखलता भरने

लगते हैं।

यदि इस नाजुक उम्र में दोनों को सही शारीरिक जानकारी या यौन-शिक्षा मिले तो परस्पर संदेह, अविश्वास, छिपाव-दुराव और हीनता या अहं भावना से उन्हें बचाया जा सकता है। लड़के-लड़कियों में सहज संबंध विकसित करने और किशोरावस्था की अनेक समस्याओं से छुटकारा पाने के साथ, अनावश्यक छेड़खानी व सुरक्षा की समस्या से भी निबटा जा सकता है। एक स्वस्थ समाज के विकास के लिए यह बेहद जरूरी है।

अब आएँ, स्त्री के कमजोर या सशक्त होने के प्रश्न पर—

वैज्ञानिक अध्ययनों से अब यह बात सिद्ध हो चुकी है कि स्त्री मानसिक रूप से ही नहीं, शारीरिक रूप से भी पुरुष से अधिक सशक्त है। न होती तो माँ कैसे बनती? प्रसव जैसी पीड़ा कैसे झेलती? शिकागो के डॉ. रूथ पिक ने मुरगियों पर प्रयोग करके अपने परीक्षणों से सिद्ध किया कि पुरुष की अपेक्षा स्त्री के अधिक सशक्त होने का राज उसके शरीर में ही छिपा है।

स्त्री को प्रकृतिदत्त तीन तत्त्वों में ही इसका राज है। ये तीन तत्त्व हैं— 1. प्राणरक्षक एक्सक्रोमोसोम की अधिकता, 2. रक्त में गामाग्लोबिन तत्त्व की अधिकता, 3. स्त्री-हारमोन एस्ट्रोजन।

पहले तत्त्व की अधिकता से लड़कियों को जन्म से पोलियो, वर्णांधता और वंशगत रोग नहीं होते। यही प्राणरक्षक तत्त्व स्त्री की गुप्त सुरक्षित शक्ति का स्रोत है।

दूसरे तत्त्व का काम है, रोगाणुओं से मनुष्य की रक्षा करना और शरीर की प्रतिरोधक शक्ति को बढ़ाना। इसी कारण स्त्रियों में बीमारियों से टक्कर लेने की क्षमता अधिक होती है।

तीसरा मुख्य तत्त्व है 'एस्ट्रोजन'। यह तत्त्व 15-16 की उम्र से लेकर 40-45 की उम्र तक स्त्री को गर्भधारण के योग्य बनाता है और इस दौरान रोग-प्रतिरोधक क्षमता में भी वृद्धि करता है। इसीलिए मासिकधर्म बंद होने के बाद स्त्रियों में प्राय: मोटापा बढ़ने और उनकी रोग-प्रतिरोधक क्षमता कम होने की शिकायत पाई जाती है। 'एस्ट्रोजन' तत्त्व ही स्त्रियों को प्रजनन योग्य बनाता है और प्रसवोपरांत शीघ्र स्वास्थ्य-लाभ में भी मदद करता है।

स्त्रियों की मानसिक शक्ति पुरुषों से अधिक होने के प्रमाण तो पुराण-इतिहास से लेकर चिकित्सकों और मन:चिकित्सकों की फाइलों तक भरे पड़े हैं।

जाहिर है कि स्त्रीत्व को लेकर मानसिक हीनता के कारण सामाजिक हैं और प्रयासों से सही परवरिश करके, माताओं द्वारा लड़के-लड़कियों के संतुलित शारीरिक-मानसिक विकास पर ध्यान देकर ही उन्हें दूर किया जा सकता है। उन्हें समान रूप से सही संस्कार देकर भी। ···बस आज इतना ही।

अब तुम मुझे लिखना कि तुम्हें और तुम्हारी सहेलियों को इस तथ्यपूर्ण जानकारी से अधिक लाभ मिला या जूडो-कराटे प्रशिक्षण से। दोनों का उद्‌देश्य एक न होकर भी दोनों परस्पर पूरक हैं। पर एक समान उद्‌देश्य भी है—भीतर के हीन भाव का निराकरण और आत्मविश्वास का जागरण। है न?

—तुम्हारी माँ

□

मैत्री, अंतरंगता और अधिकार

सुनो सुगंधा!

तुम्हारा पत्र मिला। जानकर अच्छा लगा कि तुम्हारे कॉलेज में समारोह था और तुम्हारी उसमें न केवल भागीदारी थी, वह सराही भी गई। 'फंक्शन' के बाद तुम लोग पिकनिक पर गए। उसमें तुम्हें आनंद आया, साथ ही कुछ कटु अनुभव भी हुआ। उस अनुभव को तुमने मुझसे बाँटना चाहा, अच्छा किया। इससे न केवल मन का बोझ हलका होता है, आगे के लिए राह भी खुलती है।

इस राह के लिए तुमने मुझसे मार्गदर्शन चाहा है। यह मेरे लिए गौरव की बात है कि मेरी बेटी भविष्य की राह तलाश रही है और सही राह के लिए मेरा अनुभवी हाथ थामकर चलना चाह रही है। मेरे इन पत्रों से तुम्हारी सहेलियाँ और तुम्हारे कुछ सहपाठी मित्र भी लाभ उठा रहे हैं, यह तो मेरे लिए और भी प्रसन्नता की बात है।

आखिर ताली एक हाथ से तो बजती नहीं। लड़के-लड़कियाँ दो वर्ग बनाकर अलग-अलग न चलें, अपनी खुशियाँ और समस्याएँ परस्पर बाँटें, तभी न बंद राहें खुलेंगी और कँटीली राहें साफ हो सकेंगी।

बेशक, तुम्हारे लिए वह एक अप्रिय स्थिति रही होगी, जब तुम्हारे दोस्त के साथ रंजिश रखनेवाले एक लड़के ने सबके बीच तुम्हारे साथ अभद्र व्यवहार किया और उस समय तुम्हारे मित्र को संरक्षक की भूमिका निभानी पड़ी। यहाँ तक तो ठीक है, ऐसा अकसर होता है; पर मैं जानना चाहूँगी कि उस लड़के की तुम्हारे दोस्त के साथ रंजिश का कारण कहीं तुम तो नहीं थीं?

कोई दोस्त अगर संरक्षक की भूमिका में रहकर भी दादागिरी दिखाता है और दूसरा लड़का प्रतियोगी बनकर खलनायक के रूप में सामने आता है तो सतर्क हो जाना चाहिए। यह कोई सुखद स्थिति नहीं कही जा सकती। आगे के

लिए तुम्हें न केवल उस खलनायक से बचकर रहना होगा, बल्कि संरक्षक बने दोस्त से भी सतर्क रहना होगा।

तुम कहोगी, दोस्त से सतर्कता क्यों?

सुनो, यदि कोई दोस्त संरक्षक बनकर किसी लड़की पर हक जमाना चाहता है तो जाहिर है, वह सहज मैत्री की सीमा-रेखा लाँघ रहा है। जब तक मित्र लड़का-लड़की एक-दूसरे को अच्छी तरह जाँच-परखकर भविष्य के लिए किसी आपसी निर्णय पर नहीं पहुँच जाते, यह हक अंतरंग मैत्री को भी नहीं दिया जा सकता। हाँ, वक्त पर किसी की सहायता करना या संकट के समय किसी की रक्षा करना हर किसी का मानवीय कर्तव्य बनता है।

मानवीयता से आत्मीयता का रिश्ता सहज ही जुड़ जाता है, इसमें संदेह नहीं। फिर भी मानना होगा कि अधिकार-भावना इस आत्मीय से दिखनेवाले संबंध में भी दरार डाल सकती है। यहीं सतर्कता जरूरी है कि समय पर निभाई गई संरक्षक की भूमिका आगे हर समय अधिकार जताने की स्थायी भूमिका में न बदल जाए।

क्या तुम अपने दोस्त को यह स्थायी अधिकार देना पसंद करोगी? नहीं न! तो उससे सहज मैत्री निभाते हुए भी एक दूरी बनाकर चलो। यूँ भी तुम्हारे लिए भावी संबंध को लेकर कोई स्थायी निर्णय लेने का समय अभी नहीं आया है। कुछ लगाव, कुछ झुकाव महसूसती हो, तब भी वर्तमान अध्ययन-काल समाप्त हो जाने के दो साल बाद तक प्रतीक्षा करनी चाहिए।

यह प्रतीक्षा केवल कैरियर बनाने के लिए ही जरूरी नहीं, इसलिए भी कि यहाँ से स्नातक बनकर निकलने के बाद तुम दोनों अलग-अलग दिशा पकड़ोगे, अलग रहोगे। तब अलग दिशाओं में चलते हुए भी यदि मन की दिशा एक रहती है तो उन दो सालों का वक्त स्वयं ही उसके-तुम्हारे मन को ठोंक-बजाकर परख लेगा। प्रतीक्षा-काल की परीक्षा में खरा उतरने के बाद भविष्य के लिए संयुक्त सपना देखना और स्थायी निर्णय लेना आसान हो जाता है। तब न केवल परिपक्व समझ के साथ निर्णय लेना ही आसान होगा, उसका परिणाम भी सुखद होगा।

इसलिए दोस्ती अंतरंगता की सीमा छू रही हो, तब भी उसे अधिकार-भावना से अलग रखना होगा। ऐसा न होने पर तुम्हारे लिए शारीरिक निकटता के खतरों से बचना संभव नहीं रह पाएगा। खलनायकी के उत्पात अलग से तुम्हें परेशान करते रहेंगे और इन दो छोरों पर जूझते हुए तुम भीतर से टूटती रहोगी। तब पढ़ाई में पिछड़ना किसी भी अन्य बहाने की पुष्टि नहीं करेगा।

आशा है, तुम्हारे जैसी समझदार लड़की ऐसी स्थिति नहीं आने देगी। तुम्हारा यह अंतिम वर्ष है, जिसके अच्छे परिणाम पर तुम्हारा कैरियर और भविष्य निर्भर है। तो पहले पूरा ध्यान अपनी पढ़ाई पर, कैरियर पर, भविष्य पर केंद्रित करना है। इसके लिए निश्चिंतता जरूरी है और निश्चिंतता के लिए जरूरी है बेकार की समस्याओं और चिंताओं से कम-से-कम उलझना। मेरा आशय समझ गईं न!

मुझे लगता है, भविष्य को लेकर तुम्हारे निर्णय लेने की बात अभी कुछ और खुलासा माँगती है। अतः शेष अगले पत्र में…।

शुभकामनाओं सहित,

—तुम्हारी माँ

□

सपने, अपेक्षाएँ और यथार्थ

सुनो सुगंधा!

पत्र अभी मिला। लगता है, मेरे पिछले पत्र ने तुम्हें कुछ आहत किया है कि मैंने बेबात इतनी हिदायतें दे डालीं। बात चाहे जरा सी ही हो, माँ हूँ तो मेरी चिंता स्वाभाविक ही थी न! इसलिए मेरा पक्ष समझोगी और बुरा नहीं मानोगी। हाँ, तुम्हारी बेबातवाली टिप्पणी ने मुझे राहत दी, यह जानकर तुम्हें जरूर अच्छा लगेगा।

लेकिन बात कुछ नहीं थी तो इस 'बेबात' पर तुम्हारी इतनी गंभीर प्रतिक्रिया क्यों? 'मैं शादी ही नहीं करूँगी'''कम-से-कम इस मित्र से तो कभी नहीं, यह मेरी कल्पना से बहुत नीचे है। फिर मुझे अभी दो साल नहीं, शायद दस साल रुकना है, यह मजनूँ कहाँ रुकेगा?'

'मैं पहले एम.ए. करूँगी, फिर पी-एच.डी., फिर नौकरी। कॉलेज में लेक्चरर, रीडर, प्रोफेसर बनूँगी। इसलिए मेरी ओर से माँ तुम कई सालों के लिए निश्चिंत रहो। अव्वल तो मेरा शादी करने का कोई इरादा ही नहीं। प्रोफेसर बनकर मजे से अपना अलग घर बसाकर रहूँगी। अगर कभी शादी का इरादा बना भी तो मैं तुमसे कोई दहेज-वहेज नहीं माँगनेवाली। अपनी जमा-पूँजी लेकर ही पति के साथ घर बसाऊँगी। फिर वह मेरे घर में आकर मेरे साथ रहे या मैं उसके साथ जाकर उसके घर में रहूँ, इससे कोई फर्क नहीं पड़ेगा।'

वाह! क्या कहने, तुम्हारी इस स्वतंत्र सोच के।

इसीलिए तो सुगंधा, फिर मुझे कहना पड़ रहा है कि स्वतंत्र निर्णय लेने में तुम अभी परिपक्व नहीं हो पाई हो। स्वतंत्र सोच अच्छी बात है। तुम्हें स्वतंत्र रूप से सोचने लायक बनाने में मेरा भी हाथ है, इसलिए तुम्हारे मन की इस ऊँची उड़ान पर मैं मुग्ध हूँ, निश्चिंत भी कि तुम प्यार के नाम पर किसी ऐसे-वैसे 'मजनूँ' के जाल में नहीं फँसोगी।

फिर भी न मेरी इस मुग्धता की उम्र लंबी है, न मेरी यह निश्चिंतता ही स्थायी है; इसलिए कि मैं जानती हूँ, पतंग कितनी ही ऊँची उड़ाई जाए, उड़ानेवाले के पैर यदि धरती से उखड़ जाएँगे तो न पतंग बचेगी, न ही उड़ानेवाला। अगर वह बचेगा भी तो चोट खाए बिना नहीं बचेगा।

सपने देखना एक स्वाभाविक मानवीय प्रक्रिया है। किशोरावस्था में यह प्रक्रिया तीव्र होती है, इसलिए किशोर के सपने अधिक रंगीन, चटक, शोख और रोमानी होते हैं। इनमें कल्पना की ऊँची उड़ानें होना स्वाभाविक है। हर लड़की जवानी की दहलीज पर कदम रखते ही अपने ढंग से अपने 'सपनों के राजकुमार' की कल्पना करने लगती है; पर उम्र बढ़ने के साथ वक्त के दबाव और माहौल के प्रभाव में ये सपने केवल रंगीन या रोमानी नहीं रह जाते, महत्त्वाकांक्षा उनपर हावी होने लगती है। तब उसी अनुसार उनका रूप भी बदलने लगता है।

लेकिन यहाँ मुझे लगता है, उम्र और समझ के बढ़ने से पूर्व ही तुम अपनी अरूप (फिलहाल इसे अरूप ही कहना होगा, क्योंकि इसने अभी अपना असली स्वरूप ग्रहण नहीं किया है) महत्त्वाकांक्षा की गिरफ्त में आने लगी हो। इसलिए तुम्हारे किशोर सपनों का रंग-रूप भी बदलने लगा है, अन्यथा कल तक अपने इसी मित्र की तुम कितनी प्रशंसक थीं, उसे सुलझे हुए व्यक्तित्ववाला बताती थीं न?

खैर, तुम्हें उसका असली रूप जल्दी ही, कहूँ—समय पर, दिख गया।

यह अच्छा ही हुआ, तुमने उससे किनारा कर लिया, यह मेरे लिए राहत की बात है और तुम्हारे लिए भी अन्यथा अपनी नादान सहेलियों की तरह तुम्हारे साथ भी कुछ अघट घट सकता था। उसे मजनूँ संबोधन देकर तुमने अपनी मानसिक परिपक्वता का प्रमाण दिया है।

फिर भी मैंने अभी तुम्हें स्वतंत्र निर्णय लेने लायक नहीं माना है, अपरिपक्व कहा है तो इसका कारण है। मुझे लगता है, अभी कुछ समय तक तुम अपने निर्णय कई बार बदलोगी। जैसे अपनी शादी के बारे में तुमने अपने पत्र में जो निर्णय मुझे सुनाया है, मैं उसे न परिपक्व समझ का मानती हूँ, न व्यावहारिक, न स्थायी।

सपने अपनी जगह हैं, अपेक्षाएँ अपनी जगह; पर उन्हें यथार्थ की भूमि पर तो उतारना ही होगा न!

यूँ विचार के क्षेत्र में स्थायी या स्थिर कुछ नहीं होता, पर किशोरावस्था से युवावस्था के बीच तो लड़कियों के निर्णय सर्वाधिक अस्थिर होते हैं। उनमें स्थिरता समय के साथ क्रमशः समझ बढ़ने पर ही आ पाती है। यह भी उम्र की एक स्वाभाविक प्रक्रिया है।

मैंने पहले कहा है कि समझ बढ़ने पर भी अगर अति महत्त्वाकांक्षा उसपर हावी होने लगती है तो निर्णय व्यावहारिकता से दूर जा पड़ते हैं। ऐसा आज अनेक युवतियों के साथ हो रहा है। पहले वे ऊँची पढ़ाई और अपनी नौकरी का सपना देखती हैं, फिर किशोरावस्था का सुंदर राजकुमारवाला सपना पीछे छूट जाता है। और उसकी जगह वे डॉक्टर, इंजीनियर, उद्योगपति या ऊँचे ओहदे के पुरुष साथी के सपने देखने लगती हैं, जो उन्हें कार, बँगला व अन्य ढेरों सुविधाएँ दे सके।

इन सबके बीच उन युवतियों की उम्र बढ़ती चली जाती है। तब तक उनकी कल्पना के पुरुष अपनी कल्पना की सुंदर, कमसिन लड़कियों की ओर मुड़ चुके होते हैं और फिर उन महत्त्वाकांक्षी युवतियों को प्राय: अपनी कल्पना की ऊँची उड़ान अधबीच छोड़, अपनी पसंद से काफी नीचे उतरने को बाध्य होना पड़ता है।

आज अपने चारों ओर देखने पर टूटे सपनोंवाली ऐसी अनेक कुंठित प्रौढ़ कुमारियाँ मिल जाएँगी, जिन्हें वक्त पर सही निर्णय न ले पाने के कारण जिंदगी से न जाने कैसे-कैसे समझौते करने पड़े—बच्चोंवाले अधेड़ विधुर के साथ शादी से लेकर, आजीवन अकेलेपन तक। फिर अब तो उन्हें बिना विवाह किए 'सहजीवन' का विकल्प भी मिल गया है।

पश्चिम की तरह यहाँ भी अब ऐसी खबरें आने लगी हैं कि विवाह के बाद न निभे तो अलग होने के लिए तलाक आदि का झंझट न उठाना पड़े, इसलिए बिना औपचारिक विवाह के ही साथ रह लें और जब न रहना चाहें तो अलग हो जाएँ; पर न तो ऐसे सहजीवन को सामाजिक मान्यता मिली है, न इसमें बच्चों की सामाजिक सुरक्षा की गारंटी होती है।

जब तलाकशुदा पति-पत्नी के बच्चे भी अभिशाप झेलते हैं तब बिना विवाह के पैदा हुए बच्चों की स्थिति की कल्पना ही की जा सकती है। रखैल के बच्चों तक के अधिकार उन्हें नहीं मिल पाएँगे—न कानूनी, न सामाजिक। जब ये कथित पति पत्नी ही आसानी से समाज का सामना नहीं कर पाते तो उनके बच्चे कैसे करेंगे? या तो वे सामाजिक अराजकता फैलाएँगे या मन:चिकित्सकों की फाइलों में दर्ज होंगे।

सामाजिक क्रांति की बड़ी-बड़ी बातें करना आसान है। उसके परिणाम कुछ विरले ही झेल पाते हैं। शेष अधराह ही थक-हारकर टूट जाते हैं या अन्य प्रकार के समझौते करने को विवश होते हैं।

सपने युवतियाँ ही नहीं, युवक भी देखते हैं। फिर शादी-ब्याह ने भी तो आज व्यवसाय का रूप ले लिया है। ऊँचे ओहदेवाले युवकों का दहेज-मूल्य भी आज ऊँचा हो गया है, जो सभी माँ-बाप दे नहीं पाते। अब युवतियाँ यदि अपनी दुनियावी

इच्छाओं और महत्त्वाकांक्षाओं की पूर्ति के लिए वैभवशाली और संपन्न जीवनसाथी चाहती हैं तो युवक भी विलासिता की वस्तुएँ आसानी से जुटाने के लिए दहेज क्यों नहीं चाहेंगे?

इस तरह, मैं समझती हूँ, दोनों पक्ष ही एक-दूसरे का शोषण करते हैं। इसका परिणाम सुखी दांपत्य के पक्ष में कम ही निकल पाता है, इसलिए कि भावना-समर्पण का स्थान आज समझौतों ने ले लिया है तो सोच-समझकर किए गए विवाह के साथ भी स्थायित्व की गारंटी नहीं रही। आए दिन के तलाक, परित्याग, घरों की कलह, परिवारों की टूटन, हत्या, आत्महत्या के समाचार इस दुःखद परिणाम की कहानी कह ही रहे हैं।

लड़की अपने पैरों पर खड़ी होने व अपनी कमाई पर अपनी भौतिक इच्छाएँ पूरी करने का सपना देखे, इसमें कोई बुराई नहीं। आत्मनिर्भरता से आत्मविश्वास बढ़ता है, पर यहाँ भी यदि आत्मविश्वास के बजय अहं बढ़ता है और उसके साथ स्त्री-पुरुष या पति-पत्नी के बीच प्रतिद्वंद्विता आ जाती है तो उससे बुराई ही निकलेगी।

मेरे खयाल में, तुम्हारे मामले में अभी यह सब सोचने का समय ही नहीं आया है, क्योंकि तुम अभी अस्थिरता और परिवर्तन की प्रक्रिया से गुजर रही हो। मैंने तुम्हारी इस प्रक्रिया पर भी उभरते अहं और अति महत्त्वाकांक्षा की छाया देखी तो यह सब लिखना पड़ा।

देखो सुगंधा, तुम्हें इसपर काफी सोचना है और सँभलना है। ऐसे निर्णय कभी भी जल्दबाजी में नहीं लिये जाने चाहिए। तुम्हारे पास अभी बहुत वक्त है। पहले ऊहापोह के इस भँवर से निकालकर अपनी पढ़ाई की नैया को तो सफलता से किनारे लगाओ। उस पार की बात उसके बाद सोच लेना।

बहुत-बहुत शुभकामनाओं के साथ,

—तुम्हारी माँ

□

बेटा भी बनें

सुनो सुगंधा!

'लड़की तो ठहरी पराया धन। लड़के के बिना माँ-बाप के सपनों को भला कौन पूरा करेगा? कौन बनेगा, उनके बुढ़ापे का सहारा?'...घर-घर में अभी कल तक होनेवाली ये बातें अब पुरानी पड़ चुकी हैं। इक्कीसवीं सदी में आगे चलकर इनकी कोई अहमियत नहीं रहेगी।

भले ही गाँवों में अभी यह पुरानी सोच नहीं बदली है, पर समय बीतने के साथ वहाँ भी अब यह बदलाव शीघ्र ही आएगा। जनसंख्या का दबाव हमारा देश पहले ही नहीं झेल पा रहा, उसपर बेटे की चाह में संतान बढ़ाते जाना जब निकट भविष्य में ही संभव नहीं रह पाएगा, उसपर कानूनी रोक भी लग जाएगी, तो निश्चय ही बेटियों की कद्र बढ़ेगी और उन्हें बेटोंवाली जिम्मेदारियाँ भी निभानी पड़ेंगी। महानगरों में तो यह स्थिति काफी हद तक आ चुकी है।

हमारे घरों में अकसर लाड़ से बेटी को बेटा कहकर पुकारा जाता है, पर वह दिन दूर नहीं, जब सचमुच ही बेटियाँ बेटा बनकर दिखा देंगी। अभी भी अनेक जगहों पर, जहाँ बेटा नहीं है, उन्होंने यह सिद्ध कर दिखाया है कि वे लड़कों से कम नहीं हैं। परीक्षा-परिणाम तो इधर कई वर्षों से लड़कियों को लड़कों से आगे दिखा ही रहे हैं। कुछ सामान्य नौकरियों में भी वे अपेक्षाकृत अधिक कुशल, अधिक भरोसेमंद साबित हुई हैं। अध्यापन, नर्सिंग, चिकित्सा व अन्य अनेक समाज कार्य-क्षेत्रों में वे पहले से अग्रणी भूमिका निभा रही थीं, इधर प्रबंधन क्षेत्रों में भी उन्होंने शानदार रिकॉर्ड बनाए हैं; इसलिए घर और ऑफिस की दोहरी भूमिका की तरह अब उन्हें बेटे-बेटी की दोहरी भूमिका के लिए भी तैयार रहना है।

कारण, केवल जनसंख्या का दबाव ही नहीं है कि परिवार में लड़की को

लड़के की भूमिका भी निभानी पड़े। यद्यपि निकट भविष्य में यह एक बहुत बड़ा या मुख्य कारण हो सकता है। आधुनिक कानून ने जब स्त्री-पुरुष को समान वैधानिक दर्जा दिया है और बेटियों को विरासत की हकदार भी बनाया है, तो उन्हें दिया गया समान कानूनी दायित्व भी तो उन्हें निभाना पड़ेगा।

समान अधिकार के साथ ही समान दायित्व का बोध जुड़ा है, इसे लड़कियाँ जितनी जल्दी पहचान लें, उतना अच्छा। अन्यथा स्त्री-पुरुष प्रतिद्वंद्विता के वे ही परिणाम सामने आते रहेंगे, जिनसे अलगाव, तलाक बढ़ रहे हैं और घर टूट रहे हैं। कानूनी अधिकारों के बाद यदि लड़कियों को सामाजिक अधिकार भी चाहिए तो वे अपने समान दायित्व को भी समझें और निभाएँ।

अभी कुछ दशक पहले तक लोग बेटी के घर का पानी पीना तक पाप समझते थे। अभी भी गाँवों में यह स्थिति अधिक नहीं बदली है, पर जिस तेजी से समाज में बदलाव आ रहा है, जिस गति से कामकाजी युवतियों की संख्या बढ़ रही है, सामाजिक या कानूनी दबाव से जिस तरह बेटे-बेटी में भेदभाव दिनोदिन कम से कमतर होता जा रहा है, इसे देखते हुए कहा जा सकता है कि अब बुढ़ापे का सहारा बेटे कम, बेटियाँ अधिक बनेंगी। यह धारणा पश्चिम से दक्षिण-पूर्व के देशों से प्राप्त संकेतों से बनती स्पष्ट दिखाई दे रही है।

पुरानी परंपराओं से जुड़े माँ-बाप प्रायः अपना पेट काटकर भी संतान को पालते-पोसते हैं। फिर अपनी सारी जमा-पूँजी बेटों को पढ़ा-लिखाकर योग्य बनाने व उन्हें अपने पैरों पर खड़ा करने में खर्च कर देते हैं। यही नहीं, भावुकतावश अपनी संपत्ति बेटों के नाम कर देते हैं अथवा किसी-न-किसी बहाने से माँ-बाप पर दबाव डालकर बेटे संपत्ति अपने नाम करवा लेते हैं और फिर कई बार बुढ़ापे में माँ-बाप बेघर होने को मजबूर हो जाते हैं।

ऐसे समय प्रायः बेटियाँ ही उनकी देखभाल करती हैं, इसलिए अब सारी दुनिया में बेटी को बेटा मानने की प्रवृत्ति जोर पकड़ रही है। विशेष रूप से, जापान में तो बेटियाँ ही बुढ़ापे में माँ-बाप का सहारा बनती हैं, इसलिए जापानी लोग बेटे की बजाय बेटी की कामना करने लगे हैं।

भारत में भी देर-सवेर यह स्थिति आनेवाली है। महानगरों में तो आ भी चुकी है। लड़कियाँ शादी के बाद अपना कुल-नाम (सरनेम) बदलने से इनकार करने लगी हैं। कामकाजी लड़कियाँ अपनी कमाई से छोटे भाई-बहन को पढ़ाने-ब्याहने और बूढ़े माँ-बाप की मदद करने का जिम्मा लेने लगी हैं।

आधुनिक बेटियाँ जहाँ विवाह के बाद भी माँ-बाप पर अपना पूर्ववत् हक

समझती हैं और भाइयों के पक्ष में माँ-बाप की संपत्ति पर से अपना कानूनी हक छोड़ने को तैयार नहीं होतीं, वहीं बूढ़े माँ-बाप की सेवा करना भी अपना फर्ज मानती हैं। चूँकि लड़कियाँ लड़कों से अधिक भावुक और परिवार-केंद्रित होती हैं, इसलिए अजनबी सास-ससुर के बजाय, अपने माँ-बाप से उनका सहज भावात्मक जुड़ाव अधिक होता है। जैसे आज आधुनिक बहू के बजाय, आधुनिक बेटी बुढ़ापे में माँ-बाप के लिए बेहतर सहारा बन रही है, उसी तरह पुरानी पीढ़ी के माँ-बाप को भी मॉडर्न बहू के बजाय आधुनिक बेटी अधिक सहज रूप से स्वीकार्य है। इसलिए मातृसत्तात्मक परिवार चाहे जल्दी लौटकर न आए, बेटियाँ बेटों का स्थान लेने के लिए जरूर तेजी से आगे आ रही हैं। इधर, ऐसे समाचार भी मिले हैं कि बेटा न होने पर दिवंगत माँ या बाप के दाह-संस्कार के लिए जब भतीजे को सामने लाया गया तो बेटियों ने, बिरादरी के विरोध की परवाह न करके, स्वयं आगे बढ़कर दाह-संस्कार किया। कुछ प्रारंभिक मामलों में विरोध हुआ, अब यह नई परंपरा भी हमारे समाज को स्वीकार्य हो चली है। रूढ़ियाँ ऐसे ही टूटती हैं।

कामकाजी युवतियाँ अपनी कमाई का एक अंश छोटे भाई-बहनों या बूढ़े माँ-बाप पर खर्च करने में नहीं हिचकिचातीं। ससुरालवालों को धीरे-धीरे यह स्थिति स्वीकार्य होती जा रही है। जहाँ नहीं होती वहाँ कलह बढ़ती है। पति स्वीकार कर ले तो पति-पत्नी अलग रहने की व्यवस्था कर लेते हैं। जहाँ पति भी स्थिति को स्वीकार नहीं कर पाता वहाँ प्रायः अलगाव या तलाक की नौबत आ जाती है। इसलिए समाज में तेजी से आ रहे बदलाव के साथ व्यक्तियों को कदमताल करते हुए बढ़ना ही पड़ता है। जो नहीं बढ़ते, वे पिछड़ जाते हैं और अकसर दुःख पाते हैं।

संयुक्त परिवारों के बाद एकल परिवार आया, समाज ने उसे चाहे-अनचाहे स्वीकार कर लिया। एकल परिवारों के बाद अब एक व्यक्ति-परिवार भी सामने आ रहे हैं, यानी कुछ कामकाजी युवतियाँ विवाह न करके भी, संतान गोद लेकर अपना एक-व्यक्ति परिवार बसाने लगी हैं (भले ही अभी उनकी संख्या कम व अपवाद रूप में हो) तो निश्चय ही इन भावी स्त्रियों को स्त्री-पुरुष दोनों की भूमिका निभानी होगी।

यही बात बेटी-बेटे पर भी समान रूप से लागू होने जा रही है कि बेटियाँ अगर मायके-परिवार की संपत्ति पर अपना समान हक समझती हैं तो उस मायके-परिवार के प्रति अपना समान फर्ज भी निभाएँ।

तो सुनो सुगंधा, अब वक्त आ गया है जब किशोरी बेटियों को भी किशोर बेटों की तरह वे सारे प्रशिक्षण लेने होंगे, जो आगे समय पर इन्हें बेटों की सी भूमिका का निर्वाह करने में सहायक हो सकें। बेशक वर्तमान में असुरक्षा का माहौल अभी इन्हें स्वतंत्र विचरण तक की इजाजत नहीं देता, किंतु घर में और घर से बाहर, अपनी सुरक्षा आप करने की अधिकतम जिम्मेदारी स्वयं उनकी अपनी ही है, इस बारे में पूर्व निर्देश दिए जा चुके हैं। अपनी सामान्य पढ़ाई व कैरियर हेतु प्रशिक्षण के अलावा भी लड़कियों के व्यक्तित्व-प्रशिक्षण में और कई बातें भी जोड़नी होंगी, जैसे—पूँजी निवेश करना, बीमा-पॉलिसियों आदि की जानकारी रखना, बैंक जाकर खाता खोलना, चेक जमा कराना, पैसा निकालना, ड्रॉफ्ट बनवाना आदि।

ड्राइविंग लाइसेंस बनवाना, पासपोर्ट दफ्तर जाकर अपना काम स्वयं करवाना; घर में, पड़ोस में, यात्रा में, रास्ते में कोई दुर्घटना घट जाए तो तुरंत फोन करके डॉक्टर या एंबूलेंस मँगवाना, पुलिस की मदद लेना, जरूरत पर पुलिस स्टेशन जाकर एफ.आई.आर. लिखवाना आदि काम भी करने चाहिए।

यह नहीं कि ऐसे समय बिना सोचे-समझे अकेली पुलिस स्टेशन चल दें या सड़क पर किसी से बेवजह उलझ पड़ें। अतिरिक्त गुस्सा, अतिरिक्त जल्दबाजी दिखाना या निरर्थक बात बढ़ाना ठीक नहीं। ऐसे नाजुक समय में पहला ध्यान हादसे के शिकार व्यक्ति को तुरंत जरूरी मदद पहुँचाने और अपराधी को पकड़वाने या कम-से-कम उसके वाहन का नंबर नोट करने व उसका हुलिया पहचानने पर केंद्रित होना चाहिए। इसके बाद परिवार के, पड़ोस के या दुर्घटना-स्थल पर जुटे व्यक्तियों में से किन्हीं बुजुर्ग व्यक्तियों को साथ लेकर घायल व्यक्ति को शीघ्र अस्पताल या समीप के डॉक्टर के पास पहुँचाने, उसके घर सूचना देने का प्रबंध करने और पुलिस स्टेशन जाकर रिपोर्ट लिखाने की कारखाई की जानी चाहिए। मुख्य बात है, ऐसे समय स्वयं को अबला या असहाय न मान, हिम्मत व धीरज कायम रखते हुए दूसरों की मदद व अपनी रक्षा एक साथ करना। इससे अपने भीतर आत्मविश्वास बढ़ेगा और समाज में प्रशंसनीय व सम्मानपूर्ण स्थान पाने का अवसर भी मिलेगा।

अकेले गाड़ी चला रही हों तो ध्यान रखें, गाड़ी ठीक हालत में हो और उसमें गंतव्य तक पहुँचने के लिए जरूरी पेट्रोल अवश्य हो, जिससे कि रास्ते में परेशानी का सामना न करना पड़े। फिर भी किसी कारणवश रास्ते में कहीं गाड़ी या स्कूटर खराब हो जाए तो समीप से फोन करके घर से, पास के किसी रिश्तेदार

या मित्र-परिवार से कोई मददगार बुलवा लें। निकट का मेकैनिक बुलवाकर उसे ठीक करवा लें। वक्त पर कोई भी ऐसी सुविधा न मिले तो कार या स्कूटर को ताला लगाकर वहीं छोड़ दें, उसे समीप में तैनात किसी पुलिस-कर्मचारी, यातायात-कर्मचारी या चौकीदार के सुपुर्द कर दें और बस, रिक्शा, थ्री व्हीलर आदि पकड़कर घर चली जाएँ। फिर घर के किसी सदस्य को साथ लेकर अगली काररवाई करें।

बेटा बनने चली हैं तो संपत्ति संबंधी कानूनी जानकारी भी रखें और जरूरत पड़ने पर किसी वकील की मदद से अदालती काररवाई से भी न हिचकिचाएँ। यूँ भी आयकर रिटर्न भरना, यात्रा के लिए आरक्षण कराना, घर से जुड़े सभी विषयों की सूचीबद्ध फाइलें तैयार कर सभी संबंधित कागज-दस्तावेज सँभालने जैसे कार्य करना आना ही चाहिए, जिससे कि वक्त पर जरूरी कागज न मिलने से होनेवाली हानि से बचा जा सके। पहले ऐसे सभी कार्यों में पिता-भाई की मदद करते हुए इन्हें सीखें, फिर जरूरत पर स्वयं सँभाल लें। आज, जब उद्योग-व्यवसाय में महिलाएँ कुशल प्रबंधक सिद्ध हो रही हैं, प्रबंधन संबंधी ये छोटे-मोटे कार्य तो सीखने ही चाहिए।

विदेशों की तरह हमारे देश में भी अब दिनोदिन नौकर मिलना कठिन होता जा रहा है और मरम्मत-मजदूरी के काम बहुत महँगे हो गए हैं। तो घर की दैनिक जरूरत के छोटे कार्य स्वयं करने की आदत भी डालनी होगी, जैसे—गैस सिलेंडर बदलना, फ्यूज लगाना, तार में प्लग जोड़ना, पानी का नल कसना, टोंटी या ट्यूब बदलना, दीवार में कील ठोंकना, वक्त पर अपनी टूटी चप्पल में टाँका लगा लेना आदि।

सुगंधा, तुम जानती हो, आज दुनिया सिकुड़कर छोटी हो गई है। वैश्वीकरण (ग्लोबलाइजेशन) की वर्तमान प्रक्रिया में और सूचना-प्रौद्योगिकी के इस युग में, जब दुनिया हर रोज आगे बढ़ रही है एवं हर दिन गुजरे दिन से अलग रूप ले रहा है तो किसी भी व्यक्तित्व-प्रशिक्षण में आधुनिक जीवन के ये सारे पहलू शामिल हो गए हैं। जरूरत पर देश-विदेश में अकेले यात्राएँ करना, बिना किसी सहारे के अकेले रहना, बिना नौकर की मदद के अपना हर काम स्वयं करना एवं हर स्थिति का सामना करने के लिए तैयार रहना ही सही मायने में आधुनिक होना है। आधुनिकता के लिए केवल फैशन बदलना नहीं, वैज्ञानिक दृष्टिकोण अपनाना, आत्मनिर्भर होना और अपने अधिकार-कर्तव्य में संतुलन स्थापित कर, अपनी एक अलग पहचान बनाना है।

इन सबके साथ यह भी ध्यान रखना है कि सारी गति-प्रगति के बावजूद,

अपनी जड़ें अपनी भारतीय संस्कारिता की धरती से अलग न जा पड़ें। अपनी अस्मिता, अपनी पहचान कायम रखते हुए आधुनिकता और परंपरा में समन्वय साधना ही सचमुच में सही जीवन जीना है। इक्कीसवीं सदी की लड़कियों से मेरी यही अपेक्षा है—उनके भावी नारी-जीवन के सफल निर्वाह के लिए यही मेरी शुभकामना भी।

तुम्हारी अंतिम परीक्षा समाप्त होने को है, इसलिए मैं अपनी यह पत्र-लेखमाला यहीं समाप्त करती हूँ।

—तुम्हारी माँ

□□□